FILMES EM PERSPECTIVA

Editora Appris Ltda.
1.ª Edição - Copyright© 2024 do autor
Direitos de Edição Reservados à Editora Appris Ltda.

Nenhuma parte desta obra poderá ser utilizada indevidamente, sem estar de acordo com a Lei nº 9.610/98. Se incorreções forem encontradas, serão de exclusiva responsabilidade de seus organizadores. Foi realizado o Depósito Legal na Fundação Biblioteca Nacional, de acordo com as Leis nos 10.994, de 14/12/2004, e 12.192, de 14/01/2010.

Catalogação na Fonte
Elaborado por: Dayanne Leal Souza
Bibliotecária CRB 9/2162

	Teixeira, Faustino
T266f	Filmes em perspectiva / Faustino Teixeira. – 1. ed. – Curitiba: Appris,
2024	2024.
	166 p. ; 23 cm.
	Inclui referências.
	ISBN 978-65-250-7055-1
	1. Cinema. 2. Arte. 3. Humanidade. I. Teixeira, Faustino. II. Título.
	CDD – 791.43

Editora e Livraria Appris Ltda.
Av. Manoel Ribas, 2265 – Mercês
Curitiba/PR – CEP: 80810-002
Tel. (41) 3156 - 4731
www.editoraappris.com.br

Printed in Brazil
Impresso no Brasil

Faustino Teixeira

FILMES EM PERSPECTIVA

Curitiba, PR
2024

FICHA TÉCNICA

EDITORIAL	Augusto V. de A. Coelho
	Sara C. de Andrade Coelho
COMITÊ EDITORIAL	Marli Caetano
	Andréa Barbosa Gouveia (UFPR)
	Edmeire C. Pereira (UFPR)
	Iraneide da Silva (UFC)
	Jacques de Lima Ferreira (UP)
SUPERVISORA EDITORIAL	Renata C. Lopes
PRODUÇÃO EDITORIAL	Sabrina Costa
REVISÃO	J. Vanderlei
DIAGRAMAÇÃO	Amélia Lopes
CAPA	Daniela Baumguertner
REVISÃO DE PROVA	Jibril Keddeh

A vida é uma série de aventuras milagrosas desconhecidas. Enquanto vivemos, sempre continuaremos encontrando tantos elementos e emoções da vida; adversidade, dificuldades, alegria, felicidade. Encontramos todos esses elementos simplesmente porque estamos vivendo nossas vidas de milagre.

Naomi Kawase

Aos amigos queridos Mauro Lopes e Inácio Neutzling,
pela irradiação graciosa de vida, ternura e cortesia.

SUMÁRIO

Introdução 11

1
Dias Perfeitos, Wim Wenders (2023) 15

2
Vidas passadas, Celine Song (2023) 21

3
Aftersun, Charlotte Wells (2022) 28

4
Drive My Car, Ryusuke Hamaguchi (2021) 38

5
Lucky, John Carrol Linch (2017) 47

6
O sabor da vida, Naomi Kawase (2015) 52

7
A juventude, Paolo Sorrentino (2015) 62

8
A partida, Yojiro Takita (2008) 68

9
Simplesmente Martha, Sandra Nettelbeck (2001) 76

10
O quarto do filho, Nanni Moretti (2001) 82

11
Além da linha vermelha, Terrence Malick (1998) 90

12
A liberdade é azul, Krzysztof Kieslowski (1993) 95

13
Asas do desejo, Wim Wenders (1987) 104

14
A insustentável leveza do ser, Philip Kaufman (1988) 110

15
Paris, Texas, Wim Wenders (1984) 124

16
Muito além do jardim, Hal Ashby (1979) 132

17
Um dia muito especial, Ettore Scola (1977) 138

18
Nós que nos amávamos tanto, Ettore Scola (1974) 145

19
Cenas de um casamento, Ingmar Bergman (1973) 151

20
Um homem, uma mulher, Claude Lelouch (1966) 160

INTRODUÇÃO

Fui sempre um entusiasta de filmes de arte, desde os tempos de minha juventude em Juiz de Fora. Havia muitos festivais de cinema na cidade, e algumas salas especiais, dedicadas aos filmes de diretores clássicos, como Jean-Luc Godard, Agnes Varda, Ingmar Bergman, Luchino Visconti, Antonioni e outros. Cresci acompanhando essa arte tão especial, que me ajudou no processo de amadurecimento pessoal.

A decisão de escrever este livro veio depois de minha aposentadoria da UFJF, como professor titular, em 2017. A partir de então, passei a contribuir no Instituto Humanitas da Unisinos (IHU) com cursos regulares sobre literatura e religião, tendo trabalhado com diversos autores: Guimarães Rosa, Clarice Lispector, Graciliano Ramos e Fernando Pessoa. O fato de os cursos ocorrerem *on-line* favoreceu muito minha atuação e compromisso com a Unisinos. As reflexões sobre cinema vieram junto.

Em meados de setembro de 2019, conduzi um longo curso de espiritualidade no Canal Paz e Bem, coordenado por Mauro Lopes. Foram mais de 110 programas ao longo dos anos, todas as quartas-feiras à tarde, sempre com a presença de Mauro Lopes. Firmou-se entre nós um laço de intimidade que garantiu doses de alegria, as quais ainda colho com serenidade. Mauro é alguém muito especial, não tenho dúvida, e a criação de seu canal Paz e Bem foi e continua sendo um dom para todo o Brasil.

Foi ao longo de minha atuação no Paz e Bem, junto com Mauro Lopes, que nasceu a ideia de um programa dedicado ao comentário de filme, em meados de 2019. Pensamos depois em fazer uma parceria com o Instituto Humanitas

(Unisinos), contando com a colaboração de outro grande amigo, o diretor do Instituto: Inácio Neutzling.

Inácio abriu todas as portas para minha atuação no IHU, por meio de artigos publicados na revista *IHU-Online*, na *IHU-Ideias* e no *IHU-Notícias*, além dos cursos já mencionados, que continuam em andamento.

O primeiro programa sobre os Filmes em Perspectiva ocorreu em 24 de fevereiro de 2021, com a presença de Mauro Lopes e Angelo Atalla, além de mim. O debate foi sobre o filme de Hector Babenco *Meu amigo hindu*, de 2015. Em dezembro de 2020, no meu curso de espiritualidade no Paz e Bem, ocorreu um debate sobre o filme *A partida* (*Okuribito*, 2008), de Yojiro Takito, com a presença de Rodrigo Petrônio e Mauro Lopes, além de mim.

No projeto inicial, estava prevista a presença de três debatedores, junto com Mauro Lopes: Rodrigo Petrônio, Angelo Atalla e eu. Rodrigo Petrônio contribuiu durante o primeiro ano, em 2021. Em 2022, Mauro Lopes e Angelo Atalla continuaram presentes. Em 2023, Mauro fez sua primeira participação como debatedor, no dia 8 de março. O programa depois ganhou continuidade, sendo abrigado no Portal do IHU, com minha presença e a de Angelo Atalla. A partir de agosto de 2023, o programa seguiu com minha participação exclusiva, tendo o apoio técnico de Lucas Shardong de Moura (do IHU).

Publiquei nos Cadernos IHU-Ideias um volume dedicado aos filmes que comentei no portal do IHU.[1] No período que vai de fevereiro de 2021 a julho de 2024, foram debatidos 54 filmes com a minha presença. Na produção do Caderno IHU-Ideias, foram escolhidos 26 dos filmes debatidos. E agora, para o presente livro, selecionei 20 trabalhos.

O livro apresenta os comentários dos filmes em ordem cronológica decrescente:

1. *Dias perfeitos* (*Perfect Days*), Wim Wenders (2024)

2. *Vidas passadas* (*Past Lives*), Celine Song (2024)[2]

---

[1] Faustino Teixeira. Filmes em Perspectiva. *CADERNOS IHU-Ideias*, Ano 22, n. 356, vol. 22, 2024 (247 páginas).

[2] https://www.youtube.com/watch?v=ZGzGG73z4i8

3. *Aftersun (Aftersun)*, Charlotte Wells (2022)[3]

4. *Drive my car (Doraibu mai kā)*, Ryusuke Hamaguchi (2021)[4]

5. *Lucky (Lucky)*, John Carrol Linch (2017)[5]

6. *O sabor da vida (An)*, Naomi Kawase (2015)[6]

7. A juventude (*La giovinezza*), Paolo Sorrentino (2015)[7]

8. *A partida (Okuribito)*, Yojiro Takito (2008)[8]

9. *Simplesmente Martha (Mostly Martha)*, Sandra Nettelbeck (2001)[9]

10. *O quarto do filho (La stanza del figlio)*, Nanni Moretti (2001)[10]

11. *Além da linha vermelha (Thin Red Line)*, Terrence Malick (1998)[11]

12. *A liberdade é azul (Trois Couleurs: Bleu)*, Krzysztof Kieslowski (1993)[12]

13. *Asas do desejo (Der Himmel über Berlin)*, Wim Wenders (1987)[13]

14. *A insustentável leveza do ser (The Unbearable Lightness of Being)*, Philip Kaufman (1987)[14]

15. *Paris, Texas (Paris, Texas)*, Wim Wenders (1984)[15]

16. *Muito além do jardim (Being There)*, Hal Ashby (1979)[16]

17. *Um dia muito especial (Una giornata particolare)*, Ettore Scola (1977)[17]

18. *Nós que nos amávamos tanto (C'eravamo tanto amati)*, Ettore Scola (1974)[18]

19. *Cenas de um casamento (Scener ur ett äktenskap)*, Ingmar Bergman (1973)[19]

---

[3] https://www.youtube.com/watch?v=OrDS8IJ9BWo

[4] https://www.youtube.com/watch?v=U22ksqu1-GE

[5] https://www.youtube.com/watch?v=NUT67OQ8-5c

[6] https://www.youtube.com/watch?v=UH3yOjXUsLY

[7] https://www.youtube.com/watch?v=dQVoANGkoBo

[8] https://www.facebook.com/canalpazebem/videos/223702656001806

[9] https://www.youtube.com/watch?v=agtrMbgEbJc

[10] https://www.youtube.com/watch?v=ZWq49LgjzFY

[11] https://www.youtube.com/watch?v=!9Azox_RXok

[12] https://www.youtube.com/watch?v=EjwlyJHHyRs

[13] https://www.youtube.com/watch?v=oXSsIeZL7LM

[14] https://www.youtube.com/watch?v=6qDvr8YN9Bk

[15] https://www.youtube.com/watch?v=vpBX5ai9ypE

[16] https://www.youtube.com/watch?v=pk4_-vDxpRk

[17] https://www.youtube.com/watch?v=ooi-qXN2RsA

[18] https://www.youtube.com/watch?v=5Mgi2epeaXg

[19] https://www.youtube.com/watch?v=NMDRZwO6PUE

20. *Um homem, uma mulher (Un Homme et Une Femme)*, Claude Lelouch (1966)[20]

Esses filmes foram objeto de debate ou comentário no IHU-Unisinos (*Dias perfeitos* foi programado para o início de agosto de 2024). Os comentários estão disponíveis na internet, no Portal do IHU, como indicado nas respectivas notas de rodapé.

Gostaria de agradecer de forma muito especial a Ana Bustamante, pela revisão cuidadosa dos textos. E igualmente a todo o apoio recebido de Teita, minha companheira de várias décadas.

Faustino Teixeira

UFJF/IHU - Unisinos/Paz e Bem

---

[20] https://www.youtube.com/watch?v=KuG_6ZcO7so

1

DIAS PERFEITOS, **WIM WENDERS (2023)**

Um dos grandes cineastas de nosso tempo é o alemão Wim Wenders (1945-). Ele procede do Novo Cinema Alemão, que marcou presença na década de 1970, dando prosseguimento ao movimento pós-Nouvelle Vague francesa. Em seus primeiros trabalhos, Wenders é tocado pelas obras dos cineastas americanos. Uma viagem ao Japão, quando finalizava o seu filme *Paris, Texas* (1984), marca uma mudança fundamental em sua visão cinematográfica. É quando aperfeiçoa o seu conhecimento da obra do cineasta japonês Yasujiro Ozu (1903-1963) e por ela se apaixona. Um novo olhar é facultado a partir de filmes fundamentais, entre os quais *Era uma vez em Tóquio* (*Tokyo Monogatari*, 1953). Foi um legado que floresceu em trabalhos essenciais de Wenders, como *Tokyo-Ga*, de 1985, que traduz um de seus projetos mais pessoais e intimistas. Com o influxo de Ozu, Wenders aperfeiçoa a arte de representar a realidade através da imagem.

A paixão pelo Japão ganha um novo patamar com seu filme mais recente, *Dias Perfeitos* (*Perfect Days*), de 2023, uma co-produção alemã-japonesa. O diretor tinha sido convidado para filmar uma série de quatro ou cinco curtas-metragens de ficção em Tóquio, com cerca de vinte minutos de duração cada. A ideia era documentar os projetos dos banheiros públicos japoneses, idealizados por grandes arquitetos do país, entre os quais Tadao Ando e Shigeru Ban. Diferentemente do que ocorre em outros países, os banheiros públicos no Japão são verdadeiros exemplos de "santuários de paz e dignidade", expressão viva de uma dimensão comunitária e de uma cultura do acolhimento.

Wim Wenders faz uma contraproposta, dado que os curtas-metragens não traduziam sua linguagem cinematográfica. Ele propõe um longa-metragem, e a ideia é logo aceita. Já no início o diretor se propôs fazer um trabalho circunscrito a poucos locais, com a presença de um protagonista particular. Para realizar o intento, ele viaja ao Japão, e passa dez dias em Tóquio, pois precisava ver o local com seus próprios olhos. Ele diz numa entrevista: "Não consigo imaginar uma história sem conhecer os lugares onde ela decorre"[21]. A viagem foi realizada em maio e as filmagens em outubro, durante 17 dias. Wenders contou com a preciosa colaboração de Takuma Takasaki no roteiro.

Durante sua estada em Tóquio, Wenders encontrou o ator perfeito para o papel principal: Kôji Yakusho. O diretor já conhecia outros trabalhos realizados pelo ator, entre os quais *Dança comigo?* (*Dansu wo shimashô ka?*, 1996) e *Babel* (2006). Para as locações do filme, Wenders escolheu o bairro de Shibuya, muito apreciado por ele. O filme concentra-se no tema dos banheiros japoneses, não se fixando, porém, nos locais como tal, mas naquele que cuida desses lugares tão singulares para a comunidade. Na visão de Wenders, o filme deveria concentrar-se naquele personagem que cuidava do ambiente: alguém "real e verdadeiramente verossímil". Como revelou o diretor,

> a sua história importaria, por si só, e ele só nos prenderia se sentíssemos que valia a pena ver a sua vida, conhecer aqueles lugares, e todas as ideias associadas a eles, como o sentido agudo do "bem comum" no Japão, o respeito mútuo pela "cidade" e de "uns pelos outros" que tornam a vida pública no Japão tão diferente da do nosso mundo.[22]

Dias Perfeitos contou com a bela fotografia de Franz Lustig (1967-). Com sua sensibilidade peculiar, Lustig conseguiu favorecer um olhar expressivo para a rotina do personagem Hirayama (Kôji Yakusho) no seu dia a dia. Com

---

[21] https://cinemaemportugal.pt/2023/entrevistas/entrevista-a-wim-wenders-sobre-dias-perfeitos/ (acesso em 23/02/2024)

[22] Ibidem.

a câmera na mão, Lustig conseguiu de forma graciosa manter o equilíbrio dos atos rotineiros com os ângulos diferenciados escolhidos para seu trabalho fotográfico, evitando as repetições e o cansaço. Como apontou Guilherme Jacobs em resenha sobre o filme, o lendário diretor de fotografia conseguiu "encontrar poesia em todo canto da metrópole japonesa."[23]

Vale também um destaque especial para a trilha sonora do filme, composta por empolgantes *hits* dos anos 1960-1980, inclusive gravações preciosas de Lou Reed, Patti Smith, Nina Simone, The Velvet Underground, dentre outros. Também merece destaque o momento final do filme, em que o personagem Hirayama está dirigindo e ouvindo a canção interpretada por Nina Simone, *Feeling Good*, de beleza única. Nos versos, algo que expressa sua vida: "Este velho mundo é um novo mundo. E um mundo corajoso para mim". Em *closes* extraordinários, o ator consegue transmitir em sua face todas as emoções que marcam sua trajetória vital, com suas alegrias e dores. Trata-se de uma cena grandiosa, que certamente fica para a memória do cinema mundial.

O título do filme tem sua raiz numa canção de Lou Reed, *Perfect Day*, de 2007. A letra já aponta para o tema principal do filme de Wenders: a alegria de viver "apenas um dia perfeito", com o frescor do parque, a satisfação de poder alimentar os animais no zoológico e a possibilidade de curtir um filme ao entardecer.

Para a realização desse dia perfeito, Wenders contou com a singular presença e atuação de Kôji Yakusho, vivendo um protagonista impecável. Como revelou Wenders, o sucesso do filme se deve de forma muito particular à composição de Hirayama, que gradativamente ganha lugar de destaque no olhar do diretor:

> Foi o nome que decidimos dar a este homem que aos poucos foi tomando forma diante da nossa visão interior. Imaginei um homem que tivera um passado privilegiado e rico e que resvalara profundamente. E que então, um dia, quando a sua vida estava no ponto mais baixo, tivera uma revelação, ao observar o reflexo das folhas criado pelo sol que brilhava

---

[23] https://www.chippu.com.br/criticas/perfect-days-wim-wenders-koji-yakusho-critica-chippu-festival-de-cannes-dias-perfeitos (acesso em 23/02/2024)

milagrosamente no buraco do inferno em que ele estava a acordar.[24]

O longa-metragem, de 123 minutos, concorreu no Festival de Cannes de 2023, angariando o prêmio de melhor ator para Kôji Yakusho. Foi também indicado ao Oscar de melhor filme estrangeiro. A obra vem sendo elogiada e aplaudida em diversas partes do mundo, incluindo o Brasil.

Como apontou Wenders, "tudo saiu de Hirayama". O personagem tomou conta do filme, com uma impressionante técnica de domínio do olhar. Alguém que mantinha com sua visão o controle de tudo. Foi, sem dúvida, o maior aliado do diretor. O personagem é um homem com mais de sessenta anos, marcado por um método de vida bem comum, seguindo sua rotina diária sem grandes transformações. Uma vida de baixa definição, em que repete cotidianamente seus afazeres habituais. Assume com seriedade e dignidade o trabalho de limpeza de banheiros, numa vida de simplicidade e modéstia. Trata-se de alguém "dedicado, satisfeito com as poucas coisas que possui, entre elas sua velha máquina fotográfica (com a qual ele só fotografa árvores e a luz do sol filtrada pelas folhas, que cria um efeito designada em japonês *komorebi*), seus livros de bolso e seu velho gravador com a coleção de cassetes que guardou da juventude".[25]

Hirayama é alguém profundamente avesso às tecnologias, e sua presença em Tóquio contrasta singularmente com o ritmo frenético da cidade. É alguém que conseguiu se desvencilhar de seu passado e leva agora uma vida diferente, marcada pela simplicidade, paciência, tranquilidade, calma e serenidade. Tudo é realizado por ele em seu tempo, sem nenhuma mudança abrupta. Exerce como ninguém o papel de alguém habitado pela espiritualidade Zen, em que a vida cotidiana exerce um papel essencial. Como diz um dos textos clássicos do Zen, "o coração cotidiano é o caminho."[26] Ou também como indica um dos grandes pilares do Soto Zen, Mestre Dôgen (1200-1253), num dos capítulos de seu *Shôbôgenzô*, dedicado ao tema da vida cotidiana (*Kajo*), ao revelar que

---

[24] https://cinemaemportugal.pt/2023/entrevistas/entrevista-a-wim-wenders-sobre-dias-perfeitos/ (acesso em 23/02/2024)

[25] Ibidem.

[26] Wou-Men. *Passe sans porte*. Paris, Villain et Belhome, 1968, p. 79.

não há nada de muito nobre nos grandes mestres do Zen: eles simplesmente comem arroz e bebem chá.[27]

No filme, Hirayama acorda sempre à mesma hora, com o rumor da vizinha que varre a rua. Arruma em seguida seu colchão e as roupas de cama, dobrando sempre da mesma forma e colocando no mesmo lugar. Depois desce as escadas, acerta o bigode e a barba, pulveriza as plantas que guarda numa estufa, veste seu macacão de serviço e ajeita as coisas para ir ao trabalho. Na porta, olha para o alto, para as copas das árvores, sempre com o mesmo sorriso singelo. Segue depois em seu furgão, munido dos materiais para seu serviço nos banheiros. No intervalo do trabalho, para o lanche, vai sempre à mesma praça e aproveita para fotografar diariamente a mesma árvore, bem como os *komorebi*.

O trabalho nos banheiros é feito com dedicação única, sempre muito concentrado, higienizando com cuidado os espaços públicos, com atenção e amor. Nada escapa ao seu olhar. É capaz de transformar seu trabalho numa arte. Como mostrou Rodrigo Petrônio em precioso comentário, *Dias Perfeitos* "é uma joia narrativa" em todos os seus aspectos. O diretor "conseguiu extrair tanta espessura formal e emocional de tantas nuances do cotidiano, que o filme todo pode ser visto como um longo poema narrativo."[28]

Em seu ritmo cotidiano, Hirayama está sempre atento às pequenas coisas, com seu olhar inquisitivo, sempre atento aos efêmeros encantos do dia a dia. Com seu jeito peculiar, quebra a rotina e transforma o ritmo do momento, favorecendo um sabor especial a sua vida diária, envolvida pela "beleza de um ritmo tão regular". Analisando esse cotidiano, Wenders pondera:

> O fato é que se aprendermos realmente a viver inteiramente no aqui e no agora, deixa de haver rotina, havendo apenas uma cadeia interminável de acontecimentos únicos, de encontros únicos e de momentos únicos. Hirayama transporta-nos para esse reino de felicidade e contentamento.[29]

Um dos traços marcantes do protagonista é seu silêncio. Mesmo não saindo de cena, ele marca presença com seu silêncio significativo e seu olhar

---

[27] Maître Dôgen. *Shôbôgenzô*. Traduction Integrale – Tome 3. Paris: Sylly, 2007, p. 306 (Kajô).

[28] Rodrigo Petrônio. Dias Perfeitos é uma joia narrativa sob qualquer aspecto. IHU-Notícias, 04/04/2024.

[29] https://cinemaemportugal.pt/2023/entrevistas/entrevista-a-wim-wenders-sobre-dias-perfeitos/ (acesso em 23/02/2023)

atento aos mínimos detalhes. Em meio a sua luta diária, há sempre vislumbres de humor e beleza, por onde quer que passe, seja no trabalho ou nos lugares por onde circula. Num mundo que segue seu ritmo impiedoso e rápido, ele consegue encontrar o que é lúdico e engraçado. A atenção é a marca da sua generosidade, e seu sorriso, um convite à hospitalidade. Podemos observar durante todo o filme essa marca de acolhida, com os personagens com quem interage ao longo de sua rotina diária: seu preguiçoso colega e a namorada, a criança que se perde no banheiro, a sobrinha que busca abrigo em sua casa, o mendigo que abraça árvores na praça etc.

Na verdade, Hirayama é capaz de descortinar, num mundo habitado pela pressa e a desatenção, uma ocular diversa, como se para além desse mundo houvesse um outro, habitado por singela melodia. Essa melodia, que poucos são capazes de apreender, opera em seu mundo interior a produção de alegria. Em alguns momentos de sua vida, perpassam alguns sinais de seu passado superado, quando, por exemplo, encontra sua irmã, que aparece num carro luxuoso. Ela estranha o rumo tomado pelo seu irmão, mas ele com tranquilidade revela que é feliz, tendo tudo o que é necessário para sua paz pessoal. Para ele, a felicidade independe de grandes feitos, estando ligada aos pequenos instantes de plenitude que adornam com simplicidade sua vida cotidiana.

2

VIDAS PASSADAS,
CELINE SONG (2023)

O filme *Vidas passadas* (*Past Lives*) foi lançado em 2023 pela produtora americana A 24, tendo sido aclamado nos festivais de Sundance e Berlim. Concorreu também ao Oscar de 2024, nas categorias de melhor filme e roteiro original. Foi dirigido e roteirizado por Celine Song, jovem diretora coreano-canadense que, com o filme, fez sua estreia na direção de um longa-metragem. O filme tem a duração de 105 minutos, com bela trilha sonora de Christopher Bear e Daniel Rossen, e direção fotográfica de Shabler Kirchner. Dentre as presenças no elenco, destacam-se os atores Greta Lee (1983-), no papel de Nora Moon, e Yoo Teo (1981-), no papel de Hae Sung. Há também a participação de John Magaro, no papel de Arthur Zaturansky. Trata-se de um drama que retrata uma longa história de amor e recobre mais de duas décadas.

O filme se inicia com a amizade dos dois jovens que, aos doze anos, vivem uma experiência bonita de amizade numa escola coreana. Na Young (interpretada por Seung Ah Moon) e Hae Sung (interpretado por Seung Min Yim) são amigos inseparáveis. Há entre eles muita leveza e carinho, numa relação juvenil de gratuidade e mutualidade. Como pode ocorrer na vida, os dois acabam se separando em razão da decisão dos pais de Na Young de se mudarem para a cidade de Toronto, no Canadá, em busca de novas possibilidades de realização no trabalho. Acreditavam que no Canadá, como imigrantes, as possibilidades seriam mais amplas. Os dois atuavam no campo artístico: ele como diretor de cinema e ela como produtora.

O projeto de mudança de país provoca uma "quebra" na bonita relação vivida pelos jovens Na Yong e Hae Sung. Quando a mãe da menina lhe pergunta se tinha alguma amizade especial, ela responde que sim, mencionando o amigo da escola. Na Yong chega a dizer, em tom lúdico, que provavelmente ia casar-se com ele. Os dois estavam sempre juntos. Como gesto de despedida, a mãe de Na Young promove um encontro das duas crianças num parque da Coreia, onde vivem momentos bonitos de amizade e carinho.

Acompanhando os filhos, estavam também no parque as mães dos dois jovens. Interrogada pela mãe do garoto sobre as razões da mudança, a produtora e mãe de Na Young assinala: "Se você deixa algo para trás, também ganha algo novo." As mudanças acontecem na vida de todos, e as águas de um rio, como bem mostrou o pensador Heráclito, nunca são as mesmas com a passagem do tempo. Não só as águas se tornam diversas, mas também as pessoas, em seus ritmos diferenciados de vida.

É o que vai acontecer com Na Yong, que parte com os pais para o Canadá, em experiência inédita de imigração. No Canadá, ela adquire um novo nome, Nora Moon. Depois de doze anos de separação entre os dois, Nora reata o contato, após observar na internet que o antigo amigo tinha buscado informações sobre ela na página de seu pai, diretor de cinema. É quando os dois retomam a relação via internet, em conversas de *chat* e no Skype. É uma tentativa de resgatar parte daquela cumplicidade e paixão infantil.

É nítida a alegria e o entusiasmo que os move na retomada da relação. Observa-se mesmo uma ansiedade dos dois nos diversos momentos que antecedem a conversação. E os encontros à distância são partilhados com grande alegria. Chegam a aventar a possibilidade de um encontro presencial, que infelizmente não se realiza. Ela está agora em processo de formação nos Estados Unidos, e ele continua seus estudos na Coreia.

Vale registrar a sensibilidade da diretora na abordagem do drama amoroso vivido pelos dois amigos. Com grande maestria, consegue registrar e transmitir para o público os momentos singulares vividos pelos dois personagens, inclusive os silêncios, olhares e hesitações dos dois frente ao enigma de uma paixão que se esvanece pela distância.

Nas cenas em que os dois amigos se falam pela internet, há a presença sublime da trilha sonora, que embala com viva ternura e eficácia a dinâmica da relação. As filmagens dos encontros via *notebooks* são tecidas com zelo e sensibilidade, conseguindo destacar com detalhes de grande riqueza a história de duas pessoas que vivem o drama de um amor nublado pelo distanciamento.

Em determinado momento dos "encontros", percebendo a impossibilidade de uma relação presencial, Nora sugere ao amigo uma interrupção nas conversas, sobretudo em razão da percepção da impossibilidade de algo mais sério entre os dois.

O hiato é rompido doze anos depois, quando, finalmente, os dois se encontram pessoalmente. Na proposta da diretora, a ideia é realçar que doze anos tinham se passado. A realidade agora é outra, e as vidas tinham se firmado em novas estruturas. Nora está casada com Arthur, um jovem escritor judeu que conheceu numa residência artística nas proximidades de Nova York. Hae Sung tinha viajado para a China visando ao aprendizado de mandarim. Ele aproveitou um período de férias para visitá-la em Nova York, onde morava com o marido num apartamento.

Nora fica muito feliz com a presença do amigo e, quando o reencontra, a emoção é grande, selada por um abraço carinhoso e demorado. Sua vida, porém, já está estruturada, e ela não tem nenhuma intenção de viver novas aventuras. Mas, certamente, a experiência ecoou em seu coração, detonando uma emoção nova.

Não é, talvez, o caso de Hae Sung, que ainda sonha com a possibilidade de uma união entre os dois. Chegou a ter uma namorada antes, mas a relação foi interrompida. O contato com Nora fez acender uma chama que, no entanto, se revela precária. Isso fica claro ao final do filme, quando ele retorna para a Coreia, com olhar triste e saudoso.

No curto período em que os amigos se encontram, aproveitam para passear pela cidade e conversar alegremente. Chegam a falar sobre a força de amizade que os envolveu e que, de certa forma, continua vigente, mais para ele do que para ela.

Nora chega a dizer para ele que a Na Young que ele conheceu tinha ficado lá no passado da Coreia. Hoje ela é outra mulher. Sinaliza ainda que a Na Young do passado não foi uma quimera. Ela era real, mas agora... tudo passou. Está envolvida com outros projetos e não quer arriscar tudo aquilo que conseguiu desde os tempos em que imigrou para o Canadá e, depois, para os Estados Unidos.

Por sua vez, seu marido Arthur vive uma sensação difícil ao ver sua mulher sair com o amigo em Nova York. Não tem como camuflar seus sentimentos, expressos em suas falas trêmulas e receosas.

Arthur não tem muito o que fazer, a não ser torcer por uma decisão sensata da esposa. Ainda que respeitando profundamente a decisão de sua companheira, fica remoendo seu temor, diante do risco que pode representar tal encontro. De forma madura e serena, acompanha o processo sem interferir no livre arbítrio de Nora. Numa das cenas do filme, Nora e Arthur estão juntos na cama e refletem sobre a nova situação.

Junto de Nora (ela quase dormindo), ele reflete:

— Eu estava pensando em como essa história é boa.

Ela: — A história de Hai Sung e eu?

Ele: — Sim, eu simplesmente não posso competir. Namorados de infância que se encontram vinte anos depois, apenas para perceber que foram feitos um para o outro.

Nora rebate, e diz:

— Nós não fomos feitos um para o outro.

Ele assente, mas volta a insistir:

— Na história eu seria o malvado marido americano branco, ficando no caminho do destino.

Nora reage com um largo sorriso e pede para Arthur se calar. Mas ele continua:

— Nossa história é tão chata. Nos conhecemos numa residência artística. Dormimos juntos porque nós dois éramos solteiros. Percebemos que morávamos em Nova York, então fomos morar juntos para economizar no aluguel. Nós nos casamos para que você pudesse obter um *green card*. Então, eu sou o cara que você deixa na história quando seu ex-amante vem para te levar embora.

Ela: – Oh, você faz parecer tão romântico.

Ele: – E se você conhecesse outra pessoa nessa residência artística? E se houvesse outro escritor de Nova York que também leu todos os mesmos livros que você, e assistiu a todos os mesmos filmes, que poderia lhe fazer observações úteis sobre suas peças e ouvir você reclamar dos seus ensaios?

Ela: – Não é assim que a vida funciona.

Ele: – Sim, mas você não estaria deitada aqui com ele?

Ela: – Esta é a minha vida, e a estou vivendo com você.

Ele: – Você está feliz com isso? É isso que você imaginou para si mesma quando deixou Seul?

Ela: – Quando eu tinha 12 anos?

Ele: – Sim. É isso que você imaginou para si mesma? Deitada na cama em algum apartamento no East Village com um judeu que escreve livros? É isso que seus pais queriam para você?

Ela: – Você está perguntando se você, Arthur Zaturansky, é a resposta para o sonho imigrado da minha família?

Ele: – Sim.

Ela: – Uau! Eu sei. Foi aqui que acabamos. É aqui que eu deveria estar.

Ele: – Ok.

Ela: – O quê?

Ele: – É só que você torna minha vida muito maior. E eu estou querendo saber se eu faço a mesma coisa por você.

Ela: – Você faz.

Nesse momento, ela volta-se para ele, num abraço carinhoso e diz:

– Eu sou apenas uma garota da Coreia, sabe? E você está esquecendo a parte em que eu te amo.

E ele: – Eu não esqueço disso. Eu tenho dificuldade em acreditar nisso às vezes.

Depois de um momento de silêncio, ele confidencia que ela costuma sonhar em coreano, numa língua que ele não consegue entender. É como se houvesse todo esse lugar dentro dela que ele não conseguia alcançar.

A conversa íntima dos dois é bem representativa do estado de ânimo de Arthur na ocasião. A presença de Hae Sung em Nova York é mesmo uma "pedra" no caminho. O que pode unir duas vidas? Essa é uma interrogação que ele faz, e que está presente todo momento na reflexão da diretora do filme. Daí ela recorrer a uma expressão coreana, talvez tomada da tradição budista, que diz respeito aos "acasos" que unem duas pessoas.

Em que medida a união de pessoas no presente não está relacionada a vidas passadas? É o que a expressão *In-Yun*[30] tende a traduzir, indicando a ideia de "providência" ou "destino". O termo representa uma espécie de laço providencial unindo as pessoas ao longo de suas várias reencarnações, sugerindo que determinados encontros que acontecem têm uma ligação com uma situação pregressa.

Esse é o caso de dois estranhos que, porventura, se tocam acidentalmente na rua, ou levemente se esbarram. Na perspectiva aberta pelo *In-Yun*, esse contato mínimo pode indicar uma ligação anterior, de outras vidas. Ainda segundo essa visão, o casamento expressa a presença de 8.000 camadas de *In-Yun* em mais de 8.000 vidas. Durante o filme, Arthur chega a indagar sobre essa questão e pergunta a Nora se ela acredita nisso. Ela responde que não. Em sua visão, a expressão é utilizada como um recurso para a sedução amorosa. Nada além disso.

Já quase ao final do filme, Arthur e os dois amigos coreanos saem juntos para jantar, seguindo uma indicação de Hae Sung, que queria comer macarrão. Vão todos juntos para um bar-restaurante, onde ocorrem conversas amistosas, mas, em alguns momentos, em razão da barreira da língua, Arthur fica meio distanciado e constrangido, enquanto os dois amigos dialogam em coreano.

Chega ao fim da estada de Hae Sung. Já no apartamento, ocorrem as despedidas. Os dois amigos coreanos saem juntos e se despedem quando chega o carro de aplicativo que vai levá-lo para o aeroporto. São momentos de silêncio e de olhares respeitosos e ternos. Quando o amigo parte, Nora sai pensativa e, ao chegar na porta do apartamento, encontra Arthur, que a aguarda. É quando ela desaba num choro convulsivo, sendo acolhida carinhosamente pelo marido.

---

[30] Expressa pelos caracteres 인연

Fica uma série de questões para os espectadores ao final do filme, sobretudo ligadas ao tipo de envolvimento entre os dois amigos coreanos. Qual é o grau de ligação afetiva que os envolve? Como seriam as expectativas de cada um? São interrogações diversas que se colocam para os que assistem o filme. Como sinalizou em resenha Filipe Rodrigues, em fevereiro de 2024:

> Ao se identificarem com personagens de filmes como *Vidas passadas*, os espectadores mergulham em um exercício de colocar-se no lugar deles; neste caso, imaginando em qual momento da vida tomaram decisões que mudaram para sempre seus próprios destinos. Qual decisão irreversível eu já tomei e como seria se tivesse escolhido diferente?[31]

O certo é que a vida é feita de oportunidades. Por uma razão ou outra você faz opções na vida que são as derradeiras ou substantivas para definir os horizontes. Há momentos que são fundamentais e que podem definir um caminho. Em seu esplêndido trabalho na direção, Celine Song deixa em aberto muitas interrogações. Com sutileza, atenção e delicadeza, ela favorece o caminho singular para uma avalanche de sentimentos e emoções. Trata-se de um filme que fica gravado na memória e desperta sensações que são únicas e renovadoras.

---

[31] https://www.tenhomaisdiscosqueamigos.com/2024/02/18/resenha-vidas-passadas-filme-oscar/

3

AFTERSUN,
CHARLOTTE WELLS (2022)

Belíssimo filme da diretora escocesa Charlotte Wells (1987-), *Aftersun*, de 2022, foi sua estreia no circuito dos longas-metragens. Depois de uma rica experiência com curtas, a diretora dá continuidade a sua exitosa carreira com uma obra esplêndida, que tem o dom de lidar com extrema sensibilidade com o tema delicado da relação de um pai com uma filha. Dela também é o roteiro do filme.

No elenco, contamos com dois artistas de talento inequívoco. Um jovem e talentoso ator irlandês, Paul Mescal (1996-), interpreta o pai, Calum, e a atriz escocesa, ainda mais jovem, Frankie Corio (2010-), interpreta a filha, Sophie. São dois jovens talentos que conseguem fazer um par extraordinário em interpretações que marcam a cinematografia contemporânea. Isso se deve também ao carisma da diretora, que conseguiu proporcionar aos dois uma criatividade interpretativa que emociona e inspira em cada momento da filmagem desse longa-metragem com 96 minutos de duração. A beleza da interpretação dos jovens atores no filme é destacada com acerto na resenha feita por Isabela Boscov,[32] que classifica o filme como um dos melhores daquele ano.

O filme, lançado em outubro de 2022, teve importantes premiações no Reino Unido e também nos Estados Unidos, tendo igualmente concorrido

---

[32] https://www.youtube.com/watch?v=OvhC4eoZHCA (acesso em 18/06/2023)

no Festival de Cannes, no mesmo ano, ao prêmio de melhor ator, que acabou ficando com Brendan Fraser, intérprete no filme *A baleia* (*The Whale*, 2022), dirigido por Darren Aronofsky.

Merece também destaque a belíssima fotografia de Gregory Oke e a montagem de Blair McClendon, além da bela e ousada trilha sonora de Oliver Coates, com grandes *hits* dos anos 90, que inclui passagens da banda britânica Blur e Catatonia, a melancolia do rock da banda R.E.M., além de clássicos como *Macarena* e *Under Pressure*, de David Bowie, em versão remixada com a vibrante presença de Freddie Mercury e do grupo Queen.

O filme é marcado por delicadeza e complexidade, exigindo do espectador outras experiências para poder captar todos os detalhes que envolvem o drama que se revela e se esconde nas filmagens. É só mesmo com uma observação atenta conseguimos adentrar em seus domínios enigmáticos.

Em penetrante análise do filme, Maggie Silva relata o clima de tensão que acompanha todos os minutos da filmagem, feita integralmente na belíssima paisagem da costa turca. Segundo Maggie, o roteiro distingue-se

> pela sua capacidade de, pela calada, nos destruir emocionalmente. A sua narrativa de combustão lenta deixa-nos em permanente sobressalto, à medida que umas aparentemente banais férias assumem um carácter de urgência e terebrância. Algo não bate certo, a ameaça paira no ar, mas nem nós nem os protagonistas se atrevem a dar-lhe nome ou forma[33].

Estamos diante de um roteiro simples, cuja trama acontece nos anos 1990, quando um pai separado (Calum), que vive um momento de dificuldades financeiras, consegue reunir recursos para passar um período de férias com sua filha (Sophie) num belíssimo local de luz e sol na costa turca. Aliás, esse é um traço bonito do filme, sempre envolvido por uma atmosfera mágica de céu vibrante, e de muito mar e sol irradiantes. E que não falta nas filmagens é água, muita água, de mar e piscina. Somos levados para um lugar paradisíaco, que cria um clima muito mágico e particular.

Esse é também um dos segredos da diretora, que nos coloca num lugar de beleza singular para abordar um tema marcado pela dialética de alegria

---

[33] https://www.magazine-hd.com/apps/wp/aftersun-em-analise-critica/ (acesso em 18/06/2023)

e neblina, de vida e dor. Todos sabemos bem o que significa o drama de uma separação, e todas as dificuldades que envolvem o encontro de um pai separado, com suas dificuldades particulares, e a filha que mora em outra cidade, cujos momentos de encontro são raros e curtos: "breve tempo e rara hora", dizia um místico conhecido.

Em outra análise brilhante, o psicanalista Christian Dunker tenta desvendar o lado psicológico que envolve a trama. Em sua visão, o tempo todo estamos imersos num clima de "asfixia" que levanta para o espectador questões profundas tocadas pela "demanda de sentido".[34] Outro traço importante realçado por Dunker é a sintonia que se estabelece entre o que se passa no telão e o espectador que assiste, com uma abertura interpretativa que convoca a várias possibilidades de desvelamento daquilo que ocorre em cena, ou está apenas aventado, ou aludido, nos sinais que podem ser percebidos no roteiro apresentado.

As filmagens reverberam com intensidade naqueles que vivem a experiência da paternidade, ou estão envolvidos de uma forma ou de outra com situações de acompanhamento das relações afetivas que circundam a dinâmica da paternidade ou maternidade. Tudo vem corroborado pelo clima delicadamente pontuado pelo visual contemplativo e os planos sensoriais que estão sempre presentes no espectador no tempo da filmagem, que não é só cronológico, mas também kairológico, que nos remete ao mundo do imaginário. Diante das inúmeras cenas, mescladas de alegria e neblina, somos convidados à tarefa nunca acabada da interpretação, que não se esgota nem se reduz a uma visada específica.

Outra analista, Luiza Rezende, retoma essa ideia de um visual contemplativo do filme, e sobretudo de sua particular atmosfera marcada por "recordações turvas" e fugidias, pois a dinâmica da filmagem se desenvolve a partir da ocular da Sophia adulta, que busca captar, através da recordação, com o recurso de filmagens antigas, o que aconteceu naquele mágico verão de tempos idos, quando viveu uma experiência única, mas misteriosa, com seu pai.

Luiza visa apontar em sua análise não só o traço de proximidade que une o pai à filha, mas também a distância (diriam os místicos sufis: *tashbih* e *tanzih*). Se há, por um lado, a beleza das cenas contemplativas, marcadas por silêncios

---

[34] https://www.youtube.com/watch?v=vTIUOK4wzjw (acesso em 18/06/2023)

sublimes, de proximidade e ternura, há, por outro, "a presença insistente de alguns sentimentos desses personagens ainda inacessíveis ao espectador". E diria ainda mais, inacessíveis aos próprios protagonistas. Christian Dunker fala dessa tensão como uma "melancolia radiante".

Como diz a autora, "pai e filha se dão bem, brincam juntos, mais parecem irmãos. Há, contudo, momentos nos diálogos em que o acesso à intimidade é restrito. Calum muitas vezes se desvia do assunto, se isola"[35]. Mesmo nova, a jovem Sophie, de onze anos, percebe em certos momentos que alguma coisa não vai bem com o pai, embora ele evite de vários modos que a menina perceba a situação emocional vivida naquele momento difícil de sua existência. Ele faz um grande esforço para dedicar-se a ela com dom, alegria e gratuidade, mas o vapor interior às vezes emerge provocando ressonâncias ao redor.

Um traço característico do filme é traduzir as filmagens num ritmo bem doméstico, com uma câmera portátil, controlada por amadores, com a intenção explícita de indicar para os espectadores que as imagens vistas são aquelas do pai e da filha filmando as experiências dos dias na Turquia, que serão depois recuperadas pela adulta Sophia em seus guardados, já em outra condição existencial. Os vídeos são trêmulos e desconectados, visando captar os fragmentos amorosos de um momento idílico. Sophie já adulta busca montar com sua sensibilidade aqueles fragmentos, como um quebra-cabeça, visando a enriquecer sua memória fugidia, mas necessária para dar vazão ao sentido vital de sua busca.

Chamo aqui a atenção para as cenas maravilhosas marcadas pelo olhar observador da filha naquele momento especial com o pai. São instantes únicos, em que a jovem atriz coloca todo o seu talento para transmitir ao espectador a riqueza da demanda amorosa da garota Sophie. Junto com o olhar terno, temos também as passagens magníficas do contato corporal entre os dois, de aproximação carinhosa de alguém que procura abrigo nos ombros do pai, que se deixa tocar em sua face com os gestos de generosidade, que explicita aos espectadores como o amor exige provas corporais, mas mais ainda de gratuidade e dom. O filme consegue transmitir isso de forma muito eficiente.

---

[35] https://www.cineplayers.com/criticas/aftersun (acesso em 18/06/2023)

Insisto em sublinhar essa busca de um resgate afetivo e emocional que percorre toda a filmagem, como nas cenas de passeio de barco, em que as mãos se encontram delicadamente; nas cenas em que pai e filha estão numa grande boia nas proximidades da praia, trocando revelações e demandas; na cena do balneário em que os dois se lambuzam de lama em gestos de carinho e alegria; ou no momento em que os dois estão deitados junto à piscina, unidos com o olhar voltado para o céu de um azul imenso, bem como, numa das cenas mais incríveis, ao final do filme, quando os dois se abraçam durante uma dança que poderia, talvez, ser o último passo do encontro dos dois.

Há também outra passagem terna, quando o pai acaricia um tapete turco, o qual, desde o primeiro momento em que avista, atrai seu olhar, tomando-o de vontade de adquirir aquela peça de arte, tão cara e inacessível para seus parcos recursos, mas que ele consegue, num esforço, adquirir para si, como recordação daqueles dias encantadores. São tocantes as cenas em que ele acaricia com delicadeza o tapete com seus dedos compridos, partilhando com sua filha a beleza de sua textura e de suas cores, deitando-se nele com uma alegria inaugural. E, assistindo ao filme com atenção, somos impregnados de sensibilidade ao perceber que é o mesmo tapete no qual a já adulta Sophie pisa depois de ter um sonho angustiante ao lado de sua companheira, e ouvir simultaneamente o choro da criança que agora começava a crescer sob seus cuidados maternos.

Naquele período curto de férias, é quase impossível uma comunhão reveladora das intimidades. Aliás, nenhuma intimidade pode ser captada por ser humano algum, uma vez que o outro é sempre um mistério incógnito e inapreensível. Como mostra com razão o poeta Rainer Maria Rilke, há no amor, como traço intrínseco, uma solidão que jamais será preenchida e que permanece sempre como um enigma. Ele diz, em suas *Cartas a um jovem poeta*, que o amor não completa nenhum isolamento, e se traduz, talvez, como "a tarefa mais difícil" experimentada por duas criaturas humanas.[36]

O filme nos coloca, desde o início, na perspectiva de Sophie, da busca de resgate de suas memórias. Mais ainda, da tentativa vital de resgatar, por meio das imagens colhidas naquela ocasião de encontro com o pai, o enigma e o mistério que marcam a relação entre pai e filha. E algo fica sempre em

---

[36] Rainer Maria Rilke. *Cartas a um jovem poeta*. 4 ed. São Paulo: Globo, 2013, p. 54-55.

suspenso para ela, ao perceber que o pai que tanto amava, apesar de distante, trazia consigo um lado misterioso e triste. Vive, assim, com a dicotomia do pai que conheceu, ainda que por retalhos, do pai verdadeiro, que ela não podia fazer ideia do que de fato era.

Durante todo o filme somos embalados por uma trama em que esse enigma permanece e não se dissolve. Naquele momento em que se encontra com a filha, Calum vivia momentos muito difíceis, de crise financeira e emocional. Temos alguns indícios de que ele possa estar passando por uma grande depressão, e que busca caminhos de equilíbrio por meio de práticas de meditação e de exercícios como o Tai Chi Chuan. Ele leva para a praia seus livros sobre o tema, que se tornam objeto de curiosidade da filha, a qual, ainda jovem, não consegue administrar seus sentimentos e encaixar as peças de um mosaico enigmático.

Sophia também passa por um momento decisivo em sua vida, de mudanças perceptíveis, de abertura e sedução para novos movimentos vitais. Está em plena fase de descoberta, que a diretora consegue passar com muito jeito para o espectador. A jovem começa a sentir os primeiros apelos da sexualidade, ainda em forma de curiosidade. Chega a viver na viagem a experiência do primeiro e ingênuo beijo dos que se iniciam timidamente na arte do amor. Aos onze anos de idade, não é mais uma criança, mas também não alcançou a adolescência. Vive um tempo de transição.

Em vários trechos do filme, ela demonstra curiosidade pelas cenas de amor vividas pelos adolescentes que estão no mesmo hotel ou que ela encontra durante a viagem. É também um tempo de busca de independência e autonomia. Dá para perceber em certos trechos do filme que, em razão da sua vida, tem que exercitar urgentemente essa autonomia. Como mostrou Dunker em sua resenha, a idade em que está Sophia é um tempo de quebra da imagem endeusada do pai, típica do mundo infantil, aquela do pai herói. Agora, distintamente, ela passa a dar-se conta de que o pai é uma pessoa normal e contingente, que supera a imagem ingênua do romance familiar.

No hotel onde estão hospedados, Sophie não pode partilhar, como outras garotas que também estão ali, as regalias que são concedidas aos mais favorecidos. O pai conseguiu com muito custo reservar um hotel simples para os dois.

Os momentos de lazer mais sofisticados ocorrem em outro hotel, provido de apetrechos de lazer mais aperfeiçoados. Numa das cenas, Sophie observa uma pulseira numa das garotas, que faculta o acesso livre às bebidas. Seu olhar é de reverência, expressando também um desejo de poder gozar de semelhante privilégio. A garota percebe e, no último dia de sua estadia, deixa a pulseira com Sophia, que se regozija, pois ao menos numa noite pode pedir com altivez a bebida escolhida por ela.

A viagem não é marcada só por alegria e beleza. Há cenas de dor, solidão e mesmo de estremecimento momentâneo da relação entre o pai e a filha. É o caso de uma passagem do filme em que ocorre uma apresentação de karaokê, quando pai e filha são convidados para cantar para os presentes, e o pai recua, deixando a filha cantar sozinha, de seu jeito infantil ainda desafinado. Ela busca ajeitar-se no canto, com olhares intensos e convidativos para o pai, visando a sua presença ali ao seu lado, mas isso não ocorre. A música que está sendo cantada faz parte do repertório afetivo do pai e, naquele momento, ela o impacta de forma estranha, provocando a sua reação imprevista. A música em questão é *Losing my Religion*, interpretada pelo grupo R.E.M, em que versos dizem:

> Esse sou eu no canto
> Esse sou eu no centro das atenções
> Perdendo minha fé
> Tentando acompanhar você
> E eu não sei se posso fazer isso.

Ele de fato não somente não está à vontade para uma exposição, mas existencialmente despreparado para cantar aquilo naquele momento. A filha retorna, ao final, meio desencantada, e ganha como compensação um toque do pai, que diz a ela que vai providenciar uma aula de canto para seu aperfeiçoamento de voz. A filha reage com dor e expressa que outras tantas vontades que ela teve durante a vida não conseguiram guarida em razão dos apertos financeiros do pai, com ocupações sempre provisórias e de insucesso.

Quando o pai a convida para fazer outra atividade, ela, aborrecida, recusa e passa a noite sozinha, e ele também. O mais grave é que ela tenta entrar no quarto, sem sucesso, e acaba tendo que dormir provisoriamente num sofá da portaria, sendo acordada mais tarde pelo responsável pela portaria, que então a conduz para seu quarto, utilizando uma cópia de reserva da chave.

O clima de desencontro vai sendo aos poucos quebrado, com a retomada do passeio no dia seguinte. Eles estão indo para uma estação termal. Durante a viagem, no ônibus, ao acordar, o pai é recebido pela filha com um olhar de afeto. Ela então achega-se a ele e o parabeniza pelo aniversário de 31 anos.

Para ela o aniversário tem um significado muito especial, pois ele lhe tinha revelado que, quando completou onze anos, os próprios pais esqueceram da data e, quando foram lembrados por ele, a reação foi inusitada e agressiva. Por exigência da mãe, o pai então saiu com ele para comprar um presente: um telefone vermelho.

Em outra cena do filme, quando estão visitando uma ruína antiga, o pai está no alto de um anfiteatro abandonado, e é o dia de seu aniversário. Para fazer uma surpresa, Sophie propõe em segredo aos que estavam ali no mesmo passeio uma saudação especial ao aniversariante. A cena é linda, com ele no alto, ouvindo a canção de parabéns, e a filha junto com os outros, com um olhar de grande ternura e delicadeza, celebrando aquela data tão especial. Tudo muito contagiante para os espectadores do filme.

Em outras cenas do filme, conseguimos flagrar Calum em momentos de grande tensão e desespero, como na cena em que chora convulsivamente no quarto, ou que se direciona sozinho na noite escura para o mar, sob a pesada trilha sonora de um barulho surdo das ondas. Ele avança para o mar e não vemos o seu retorno. Isso tudo durante o filme. Nada, porém, nos impossibilita de interpretar que podem ser cenas que se passam durante o passeio, mas igualmente cenas posteriores, já prenunciando uma morte decidida por ele, em razão de toda a dor que marca seu momento presente.

As passagens mais sombrias ganham sequência num jogo de luzes psicodélico, com *flashes* múltiplos e intermitentes, pontuados por luzes estroboscópicas, que expressam vivamente o momento confuso e doloroso por que Calum está passando. São, porém, questões de interpretação, que permanecem abertas para o espectador.

Há trechos do filme de grande beleza, quando, por exemplo, Sophie relata ao pai no quarto que, em determinados momentos do recreio em sua escola, ela olha para o céu e, quando consegue ver o sol, algo que é mais raro na Escócia, imagina que o pai também pode estar participando da mesma alegria. E acrescenta que, mesmo estando os dois distantes um do outro, podem, de certa forma, pela magia do mesmo sol, viverem uma experiência de bonita e estranha proximidade.

Chega a perguntar ao pai se ele tem vontade de retornar à Escócia, e ele responde negativamente, dizendo a ela que esse momento passou, que teve seu brilho na fase de seu crescimento, mas que agora o país não representa o mesmo para ele, e que aquele lugar não fala mais ao seu coração.

Sophie, em outro momento do filme, relata ao pai que ela também vive, às vezes, momentos de abafado sentimento. Os dois estão próximos, no quarto, ela na cama e ele escovando os dentes, quando então relata para o pai que às vezes passa por sensações estranhas de baixo astral, quando vem tomada por um cansaço inexplicável depois de um dia feliz. E o sentimento é de vazio, como se estivesse afundando. O pai, de seu canto, ouve o lamento da filha, sem conseguir reagir ou animá-la. Tomado por angústia, ele cospe no espelho, numa atitude de dor, que expressa o seu momento, e não consegue encontrar uma palavra de incentivo para a filha. Sua atitude é chamá-la para sair do quarto.

Numa das últimas cenas do filme, os dois participam de uma festa de despedida, e ele, animado, é tomado pela força da música e começa a dançar freneticamente. Por sua vez, a filha está à margem, meio deslocada no seu canto e ele então a convida para partilhar a dança.

A trilha que embala o momento é significativa e forte, de autoria de David Bowie, e interpretada pelo grupo Queen. É uma canção intitulada *Under Pressure*, um *hit* bem conhecido, cuja letra fala de uma situação de pressão, a qual é semelhante à que está vivendo Calum. A letra expressa bem o sentimento forte, em que a dor explode, misturada com uma estranha alegria, para a qual a presença da filha se revela fundamental.

A letra da canção fala de uma pressão que incendeia e divide, de uma pressão que quebra qualquer harmonia. Fala igualmente de um terror que revela o estado do mundo, e que solicita uma reza que possa, quem sabe, traduzir um outro momento, regado agora por alegria.

Calum se dá conta de que talvez aquela fosse a sua última dança, daí a expressão viva de seus gestos e o carinho imenso dedicado à filha. Talvez numa das mais lindas imagens do filme, os dois se abraçam num envolvimento de ternura dos mais fortes da projeção.

No dia seguinte, a filha vai retornar ao seu país, e o pai a leva ao aeroporto. Numa cena que é repetida duas vezes no filme, no início e final, ela vai adentrando a zona reservada do aeroporto, à qual somente os passageiros têm acesso, e a cada passo volta-se para o pai, que está filmando e, com seu sorriso lindo, vai dando o seu adeus, talvez derradeiro. É tudo muito sublime. Quando ela desaparece de cena, ele então desliga a câmera e percorre um longo corredor que, ao final, tem uma cortina que o liga a uma zona de escuridão. Tudo muito revelador do momento de dor que marca qualquer despedida.

Há alguns indícios, como vimos, de que o que ocorre com Calum na sequência não seja algo tão irradiante como o momento festivo daquele idílico período de férias em comum. A vida não é feita só de momentos festivos, mas também de momentos feriais, que são aqueles comuns e cotidianos. Em cena enigmática, a câmera focaliza um cartão-postal na mesa do hotel, onde Calum deixa registrada para a filha uma mensagem carinhosa, mas enigmática, em que diz: "Sophie, eu a amo muito. Nunca esqueça disso. Pai".

Talvez esteja ali naquele bilhete a senha para entender o final do filme. Fica conosco uma mensagem que é difícil, quando percebemos que o amor nem sempre consegue segurar a dor e impedir as consequências de um desespero. Daí a pergunta que fica para o espectador: o que será que vem depois do sol? Uma frase que pode ganhar também outros significados, como "do entardecer", ou ainda, do som (*son*): "o que será que vem depois do filho?", depois daquilo que estava tão próximo?

Tentando expressar de forma poética o que fica conosco depois de ver o filme, e o que ele nos provoca como desafio, Pedro Siqueira sublinha em sua resenha: "O que nos resta é aproveitar ao máximo as gotas de felicidade que a vida nos proporciona mesmo em um mundo extraordinariamente competente para nos entristecer."[37]

---

[37] https://jovemnerd.com.br/nerdbunker/aftersun-critica/ (acesso em 18/06/2023).

4

DRIVE MY CAR, RYUSUKE HAMAGUCHI (2021)

Falar sobre o belo filme do diretor japonês Ryusuke Hamaguchi, *Drive My Car (Doraibu mai kā*, 2021), foi das ricas experiências que vivenciei ao longo dos debates da série Filmes em Perspectiva do IHU-Unisinos. O comentário sobre o filme ocorreu em 10/05/2023. Trata-se de um diretor e roteirista nascido em Kanagawa, Japão, em 16 de dezembro de 1978. Outro filme conhecido seu é *Roda do destino* (*Guzen to sozo*, 2021), que chegou a receber o Urso de Prata no Festival de Berlim.

Falar sobre filmes não é uma tarefa fácil, exige muito estudo, conversa com especialistas, e sobretudo ter o trabalho dedicado de assistir várias vezes ao filme desejado para poder captar detalhes que passam despercebidos num primeiro contato.

Isto ocorreu comigo ao ver pela primeira vez o filme japonês. Aquele ritmo lento, aquela estética diversa dos filmes ocidentais. Não é um filme tão simples como se imagina, mas um longa-metragem de três horas de duração, que destoa de muitos dos filmes que estamos acostumados a assistir. Um exemplo: o filme demora 45 minutos para trazer à cena os primeiros créditos.

É um filme que foge do trivial e da estética a que estamos habituados, apresentando-nos uma profunda reflexão contemplativa, intrigante, complexa e intimista.[38] Ele nos possibilita habitar um olhar mais oriental sobre a vida e o modo como lidamos com os sentimentos. Como aponta Inácio Araújo em resenha,

> Há muito a ver e ouvir. A fala é essencial no cinema de Hamaguchi, que parece às vezes ser outro rohmeriano, embora de originalidade absoluta. As personagens falam. Suas histórias quase sempre nos remetem ao passado. Nos fazem lembrar que o cinema, embora arte vinculada ao presente, não existe sem um passado[39].

A filmagem se dá na cidade de Hiroshima, que por si só já nos evoca uma dinâmica histórica marcada pela devastação e destruição ocorrida numa cidade pela gana de um país imperialista. É algo que suscita também o desejo de assistir algumas vezes ao filme, "um apelo à necessidade de aproximação entre humanos, à tentativa de se entenderem apesar da diversidade não só entre idiomas, culturas e nações, mas também entre as pessoas."[40]

O filme concorreu a quatro Oscars em 2022: melhor filme, melhor filme estrangeiro (era o mais cotado), melhor roteiro adaptado e melhor diretor. Não conseguiu nenhuma premiação, mas teve uma irradiação importante em âmbito mundial. É um filme marcado por um clima introspectivo, e mesmo contemplativo em sua longa duração.

O que vemos na tela é uma jornada humana, de alguém que se vê perdido diante do próprio luto e que tenta buscar caminhos de lidar e superar uma dor tremenda, apegando-se a uma sombra do passado. Uma outra possível interpretação do título do filme é "me conduza em movimento".

Somos levados a acompanhar dois personagens que buscam lidar com cicatrizes difíceis, sendo que importantes cenas ocorrem dentro de um carro. É um filme que apresenta várias camadas, as quais assinalam que as nossas dores "não cabem num porta-malas". Essas camadas desdobram-se em três atos que conversam entre si.

---

[38] https://www.cineplayers.com/adrianosilva2022/criticas/uma-grande-obra-do-cinema-japones (de Adriano Silva - acesso em 10/05/2023)

[39] https://www1.folha.uol.com.br/ilustrada/2022/03/drive-my-car-constroi-em-hiroshima-um-belo-monumento-a-destruicao.shtml (de Inácio Araújo - acesso em 10/05/2023)

[40] Ibidem.

Tudo foi pensado com muito critério e delicadeza, a começar pelo brilhante elenco, composto pelos atores Hidetoshi Nishijima (no papel de Yusuke Kafuku); Toko Miura (no papel da motorista Misaki); Reika Kirishima (no papel da mulher de Kafuku, Oto Kafuku), Park Yoo-Rim (no papel delicado de Lee Yoon-a, que atua por meio da linguagem de sinais) e Masaki Okada (que faz o papel de Koji Takatsuki, personagem na peça e o último amante de Oto).

O roteiro do filme é baseado em dois contos do grande escritor japonês Haruki Murakami (1949-), que tem alguns livros traduzidos para português, muitos publicados no Brasil pela editora Objetiva[41]. O livro de contos que inspira o filme é: *Homens sem mulheres*, publicado no Brasil em 2015[42]. Os dois contos são "Drive my Car" (cerca de 40 páginas) e "Sherazade" (cerca de 28 páginas).

O filme segue Yusuke Kafuku, que interpreta um diretor de teatro que prepara um trabalho espetacular, envolvendo intérpretes que utilizam várias línguas. Trata-se da interpretação da clássica peça do dramaturgo russo Anton Tchekhov, *Tio Vânia*, que foi escrita pelo autor em 1897, e cuja primeira direção ocorreu sob a tutela de Constantin Stanislavski. Como tema da peça, a difícil questão do envelhecimento e do medo do futuro, bem como da tristeza de lidar com a impossibilidade de transformar o passado numa vida "irremediavelmente perdida". Em contraponto ao pessimismo de tio Vânia, temos a esperança da personagem Sônia.

Na linha da reflexão de Inácio Araújo, já citada antes,

> Há muita coisa a ver (e ouvir) em *Drive My Car*, de tal modo que é difícil fazer a seleção quando a observação é rápida. Mas podemos começar pelos idiomas. Os personagens falam em japonês, inglês, mandarim, coreano e pela linguagem dos gestos. Existe ainda uma rápida menção ao russo.

No filme, temos dois personagens, um diretor e um ator, que estão apaixonados pela mesma mulher, tendo que trabalhar juntos na peça que está sendo montada. Não é fácil a tarefa de selecionar os atores o "rival" do diretor,

---

[41] Haruki Murakami. *Norwegian Wood*. Rio de Janeiro: Objetiva, 2008; Id. *O incolor Tsukuru Tazaki e seus anos de peregrinação*. Rio de Janeiro: Objetiva, 2014; Id. *Homens sem muralhas*. Rio de Janeiro: Objetiva, 2015; Id. *Ouça a canção do vento*. Rio de Janeiro: Alfaguara, 2016; Id. *Sul da fronteira, oeste do sol*. Rio de Janeiro: Alfaguara, 2021.

[42] Haruki Murakami. *Homens sem mulheres*. Rio de Janeiro: Objetiva, 2015.

Koji Takatsuki, que já é um artista consagrado, é escolhido para representar tio Vânia, o personagem principal. Os dois, diretor e ator, terão então que conviver, ou se aturar, no mesmo espaço cênico.

O diretor, Yusuke Kafuku, perdeu sua mulher dois anos antes, e vive, na ocasião dos ensaios, um luto doloroso. E, a esse luto, somava-se outro, anterior, com a perda de sua filha de quatro anos, acometida por pneumonia. Ele e sua mulher, Oto Kafuku, custam a superar a dor da perda da filha.

Depois do luto difícil em decorrência da morte filha pequena, a esposa, Oto vive tempos de muita dificuldade na retomada da vida, num luto que não se dirime. Na sequência de sua trajetória, descobre que tem vivas inspirações depois do ato sexual com o marido. Ela conta para ele suas histórias à noite e não se lembra mais de nada pela manhã. Por sorte, ele anota tudo, e as histórias servem de roteiro para um trabalho dela na televisão: é o caminho pelo qual ela consegue renascer. Esse tema da criatividade pós-sexo entra no roteiro com base no conto "Sherazade", de Haruki Murakami.

Oto, contudo, não se satisfaz só com o marido, mas tem outros amantes, e isso incomoda muito Kafuku, mas ele não consegue expressar para ela sua dor. Daí a culpa que o assoma depois da morte de Oto: a culpa de não ter aberto um espaço de conversa honesta com ela sobre o que ocorria.

A mulher de Kafuku, Oto, só aparece na primeira meia hora do filme, até o desenredo de sua morte. O filme se inicia com os dois nus na cama, depois do ato sexual, quando ela então narra para ele uma de suas histórias.

No dia fatal de sua morte, Oto diz para seu marido que precisa falar seriamente com ele ainda no mesmo dia. Justamente no dia em que ele a fla-gra na cama com Takatsuki, o ator. Nesse dia, tomado pela ansiedade, Kafuku demora-se mais para retornar para casa e, quando lá chega, sua mulher já está desacordada, vindo depois a falecer em razão de uma hemorragia cerebral.

Dois anos após a morte da esposa, Kafuku descobre que é portador de glaucoma, e não pode mais dirigir o seu fabuloso carro: um Saab 900 turbo, um dos modelos mais cobiçados de produção sueca. A viatura é o xodó do diretor, que cuida do carro como de uma joia rara, com toda a delicadeza e trato que sua preciosidade exige. Não é qualquer um que pode tomar lugar na direção do veículo.

É quando entra na história a personagem Misaki, que serve de motorista para o diretor. É uma pessoa muito séria e introspectiva, mas uma excelente motorista. Está na ocasião com 23 anos, a mesma idade que teria a filha de Kafuku se não tivesse falecido. Temos então dois personagens que se encontram num carro, com seus dramas pessoais e conversas voltadas para o que é prático e essencial, sem maiores envolvimentos.

Misaki, na direção do carro, participa de todas as conversas que ali ocorrem e, pelo reflexo do espelho retrovisor, com seu olhar sério e ensimesmado, examina e reflete sobre tudo que se passa. No início, ela se limita a colocar as gravações da peça nas fitas cassete gravadas por Oto e que servem para o diretor ir memorizando cada um dos atos do espetáculo, sentado sempre no banco de trás, e com muita reserva. Aos poucos, os dois vão ganhando maior proximidade, com espaços importantes de conversas sobre os caminhos de cada um. Em determinado momento, ele já se senta junto dela, no banco da frente.

Assim como Kafuku, Misaki também passou por um drama pessoal em sua vida, com a perda da mãe numa avalanche em sua cidade natal. Traz consigo a culpa de não ter conseguido salvar a mãe da tragédia. Ela é uma excelente motorista, que se destaca entre as anteriores que serviram Kafuku. Seu aprendizado no volante foi provocado pelas tensões com sua mãe, que não gostava de ser acordada pela movimentação do carro e pelas conversas da filha. O trajeto do trabalho para casa era de cerca de hora e meia. Com isso ela se tornou um ás do volante.

Depois do acidente, Misaki saiu de carro em busca de trabalho. Após deixar sua cidadezinha em busca de outra habitação, seu carro enguiçou na cidade de Hiroshima, e então teve que ficar por lá. Encontrou emprego numa empresa de reciclagem de lixo.

Durante o filme, num dos passeios de Kafuku, Misaki o leva para conhecer a empresa em que ela trabalhou como motorista, uma empresa situada perto da região de Hiroshima, onde fizeram uma praça para celebrar a paz.

O carro é também um personagem importante do filme, em sua viva coloração vermelha. É nele que cenas chaves do filme acontecem. É ele que guia os dois personagens principais do filme em suas locomoções, e onde se passam os momentos mais significativos do filme.

Alguns exemplos disso são: o processo gradativo de desconstrução do protagonista do filme, Kafuku, em sua tentativa de lidar com o luto; o início de um novo laço de conexão com o real; e também o momento duro em que um dos personagens-chave do elenco da peça, Takatsuki, em conversa tensa com Kafuku, dentro do automóvel, revela a ele que também amava Oto, sua mulher.

Takatsuki é um ator de temperamento forte e agressivo, que detesta ser fotografado por seus fãs e, em razão disso, agride um deles e acaba por feri-lo de morte, sendo preso e mudando o rumo da peça. Em verdade, é Kafuku que toma o seu lugar, assumindo o papel de tio Vânia. Isso ocorre num processo de discernimento delicado.

A decisão de assumir o papel é dura. Caso isso não ocorra, a peça terá que ser cancelada, o que é um problema. Ele tem dificuldade de fazer o papel em razão do momento difícil por que passa, e a peça exige dele o que ele existencialmente não pode oferecer no momento, mesmo conhecendo a peça em profundidade.

Dois anos se passam desde a morte de Oto, e a vida segue. No teatro, a vida como que se bifurca – ela é representação da vida que incide sobre a própria vida. Notamos isso em cada expressão, em cada silêncio de Kafuku. Ele vive ou sobrevive? Sua dificuldade em fazer o tio Vânia é sua própria dificuldade de ir ao fundo de si mesmo.

Yusuke Kafuku pede dois dias à produção para decidir se assume ou não o personagem do tio Vânia. É quando pede à motorista para sugerir um local bonito, onde ele possa refletir. Em seguida, porém, ele decide pedir a Misuki para levá-lo à localidade distante onde ela passou sua infância.

E os dois então partem para uma longa viagem. Aliás, gostaria aqui de chamar atenção para o tema da viagem nesse filme. Na verdade, trata-se de uma viagem que é também a possibilidade da revelação de segredos duramente camuflados pelos dois personagens ao longo da vida. Segundo Durval Ramos, em sua resenha do filme,

> a verdadeira viagem de *Drive My Car* é para o processo de aceitação e libertação, de entender as próprias cicatrizes e aprender a conviver com elas – e que nem sempre isso é fácil.

> E o modo como isso é construído na tela, com toda a calma e paciência do mundo para que a gente participe passo a passo desse processo, é recompensador. É possível sentir o peso saindo dos ombros de Yusuke quando ele finalmente entende o peso das falas que passou anos declamando de forma robótica e vazia – quando aceita que está tudo bem sofrer.[43]

Nas cenas longas que envolvem a viagem dos dois no belo carro vermelho, nos deparamos com a belíssima fotografia de Hidetoshi Shinomia, e passos da linda trilha sonora a cargo da cantora e compositora Eiko Ishibashi. São passagens que ficam impressas na memória.

Ajudam muito nesse efeito as paisagens escolhidas para as filmagens: estamos diante de uma cinematografia belíssima, uma edição minuciosa, enriquecida por locações mais do que inspiradas, principalmente da região de Hiroshima. Tudo contribui para a narrativa envolvente e marcante: "É em Hiroshima que se passa o essencial da trama, portanto, num verdadeiro monumento à destruição e à memória".[44]

Gostaria de, ao final, pontuar três cenas de beleza extraordinária, que me marcaram de forma muito particular. A primeira delas é quando Kafuku e Misaki estão no carro, e ele a autoriza a fumar no veículo. É quando ela abre o teto solar e coloca sua mão para fora do carro, com o cigarro entre os dedos. Ele faz o mesmo, imitando-a. Vemos a fumaça se dispersar pelo caminho. Num plano tomado do exterior vemos "os dois braços, lado a lado, os cigarros acesos numa espécie de comunhão enquanto a brasa do cigarro, tão visível, se transforma em cinza."[45]

A outra cena é quando Kafuku e Misaki encontram-se diante dos destroços da casa dela, onde a avalanche provocou a morte de sua mãe, numa paisagem de neve que envolve todo o espaço, mas que deixa à vista os escombros de madeira daquilo que restou da habitação. Misaki vive, então, um momento pessoal de grande tristeza, de retomada da dolorosa memória. Ela desce do lugar onde estão para ver o entorno, e em seguida retorna com a ajuda de Kafuku. Ele a abraça com delicadeza e diz para ela, numa cena marcante do filme:

---

[43] https://canaltech.com.br/entretenimento/critica-drive-my-car-212534/ (acesso em 10/05/2023)

[44] https://www1.folha.uol.com.br/ilustrada/2022/03/drive-my-car-constroi-em-hiroshima-um-belo-monumen-to-a-destruicao.shtml (acesso em 10/05/2023)

[45] Ibidem.

O importante é trabalhar, continuar trabalhando...
Aqueles que sobrevivem
Continuam pensando nos mortos
De uma forma ou de outra
Isso vai continuar
Você e eu
Temos que continuar vivendo
Tudo vai ficar bem
Tenho certeza
Que ficaremos bem.[46]

Finalmente, a terceira cena ocorre já ao final do filme, e retoma uma das importantes cenas da peça teatral, que envolve a delicada conversa entre tio Vânia e Sônia, cujo personagem fala em linguagem de gestos. São cenas magistrais de interpretação, quando a atriz levanta-se de sua cadeira e, abraçando tio Vânia pelas costas, envolve o rosto dele com suas mãos, e com elas vai delineando uma conversa que visa a aumentar sua temperatura vital. O diálogo assim se processa:

Tio Vânia diz:

Sônia,
Eu sou um miserável
Se você soubesse como sou miserável.
O que podemos fazer?

E Sônia responde com os sinais da linguagem dos mudos:

Devemos viver nossas vidas
Sim, viveremos, tio Vânia.
Nós vamos viver os longos, longos dias
E as longas noites.
Vamos suportar pacientemente as
Provações que o destino nos enviar.
Mesmo que não possamos descansar
Vamos continuar a trabalhar para os outros
Agora e quando envelhecermos
E, quando nossa última hora chegar,
Iremos em silêncio

---

[46] Texto que foi retirado das legendas do Blueray do filme, logo após a primeira hora de filmagem.

E no grande Além, diremos a Ele
Que sofremos,
Que choramos"[47].
Que a vida era dura.
E Deus
Se apiedará de nós
Então você e eu
Veremos aquela vida brilhante, maravilhosa
Onírica diante de nossos olhos
Vamos nos regozijar
E com sorrisos ternos em nossos rostos
Olharemos para trás, para nossa
Tristeza de hoje
E então, finalmente,
Vamos descansar
Eu acredito nisso
Eu acredito nisso do fundo do coração
Quando essa hora chegar
Vamos descansar.

A singular mensagem ou mantra que o filme deixa impresso em nossa vida é justamente a ideia de nunca desanimar de levar a vida, apesar de todas as dificuldades. Ou seja, o importante é manter acesa a chama da existência e continuar vivendo, com a certeza de que um horizonte mais ameno pode nos acolher com alegria.

---

[47] Ibidem, já ao final do filme.

5

LUCKY,
JOHN CARROL LINCH (2017)

Lucky é um filme americano lançado em 2017. John Carrol Linch, estreante na direção, fez larga carreira de ator, trabalhando em filmes como *Fargo* (1996), *Zodiac* (*Zodíaco*, 2007) e *Gran Torino* (2008). O roteiro foi realizado por Logan Sparks e Drago Sumonja. Trata-se de um drama, com toques de comédia, com duração de 88 minutos. O diretor veio de uma extensa carreira na televisão, com a produção de algumas séries importantes, como *American Horror Story* (*História de horror americana*, 2011). O grande destaque do filme é o ator Harry Dean Stanton, que faz o papel de Lucky. Ele ficou conhecido por atuar no premiado filme *Paris, Texas* (1984), de Wim Wenders, no importante papel de Travis.

Harry Dean Stanton torna extraordinário o filme de John Carrol Linch. Como assinalou o diretor certa vez em entrevista sobre o filme, foi a presença desse ator que conferiu grandeza ao filme. Seria muito difícil, diz ele, encontrar outro ator para o papel. Foi um projeto que nasceu e foi idealizado contando com sua singular presença, não havendo substituto à altura para a tarefa.[48]

O veterano ator, que na ocasião tinha noventa anos, exerceu o papel de forma extremamente criativa, colocando em cena toda a riqueza de sua experiência pregressa, e em alguns casos sem nem mesmo precisar falar, contando

---

[48] Entrevista com John Carrol Linch (7/2/2018): https://www.filmin.pt/blog/entrevista-a-john-carroll-lynch-sem--harry-dean-stanton-este-filme-nunca-seria-feito (acesso em 15/07/2024)

apenas com suas ricas expressões faciais. Antes mesmo de o filme ter sido lançado no mercado, em setembro de 2017, o ator morreu, com a idade de 91 anos.

Há um toque de poesia no filme, bem lembrado por Robinson Samulak Alves em resenha no site do Cinema Rapadura. A seu ver, "tudo no filme é muito simples e ao mesmo tempo carregado de significados. É uma obra de arte sobre as simplicidades da vida. É assim, como na poesia, algo pequeno, muito contido, mas carregado de significados."[49]

No roteiro, temos a presença de um velho ateu, de nome Lucky, que aos noventa anos de idade leva uma vida pacata e regular numa cidade árida situada no interior dos Estados Unidos. Sua vida é marcada por nítida rotina, com hábitos bem demarcados: gosta de ouvir música e assistir a programas de televisão, sobretudo aqueles que tratam de jogos de palavras (de seus significados).[50] Lucky tem também uma paixão especial por palavras cruzadas e, em sua casa, o dicionário ocupa um lugar muito especial. Permanece a maior parte do tempo em casa, mas também tem o hábito de encontrar os amigos num pequeno café da cidade, onde gosta de tomar um *Bloody Mary* todas as noites.

Lucky tem uma vida simples e saudável, sem problemas de saúde, mesmo fumando um maço de cigarros por dia. Porém, certo dia, leva um tombo na cozinha, sem uma explicação lógica. Preocupado, vai a um amigo médico fazer uma consulta. Os exames não mostram nenhum indício de problema mais sério. O amigo médico o desestimula a fazer investigações mais profundas, argumentando que a questão é mesmo sua idade.

Estava num momento etário em que tudo poderia ocorrer, sem mais nem menos, a grande questão é mesmo a velhice. Segundo o médico, independentemente de sua saúde, em algum momento o corpo ia entrar em colapso e ele haveria de morrer. A verdade, diz o médico, é que ninguém vive para sempre e o destino de todos é a morte.

---

[49] Robinson Samulak Alves. Lucky (2017). Uma poética obra sobre a simplicidade da vida. Cinema Rapadura (18/12/2017): https://cinemacomrapadura.com.br/criticas/466070/critica-lucky-2017-uma-poetica-obra-sobre-a-simplicidade-da-vida/ (acesso em 15/07/2024)

[50] A neta do ator, Sara Stanton, sublinhou, por ocasião das filmagens ou lançamento do filme, que o avô tinha hábitos semelhantes ao do personagem do filme: gostava de fazer palavras cruzadas e recorrer a um jogo de palavras do *The L.A. Times*. Tinha igualmente um grande paixão pela música.

É quando a questão da impermanência e da fragilidade da idade assume um lugar particular na vida de Lucky. O dado de sua "perfeição" genética não consiste num impedimento para o golpe da mortalidade. O vazio está agora situado no seu caminho, e tem de encontrar um jeito de levar a vida com seus limites, aproveitando os dias que ainda lhe restam, em vez de simplesmente aguardar a morte. Apesar da solidão em que vive, com poucas relações, revela para uma amiga em especial seu temor da morte. O momento particular vivido por ele favorece igualmente certas lembranças dolorosas da infância, dentre elas a vez em que abateu um rouxinol com sua espingarda de chumbinho.

Certo dia, em encontro no bar com seu velho amigo Howard[51], também idoso, fica sabendo do sumiço de seu animal de estimação: um jabuti de nome Presidente Roosevelt. O amigo lamenta-se pela perda do jabuti, que escapou num momento de descuido de seu dono. Ao contrário dos outros amigos presentes no bar, Lucky entende a dor do amigo. Entende que, para Howard, o animal tem nobreza e, dentre outros valores, o traço da longevidade. E ainda mais: o jabuti tem de arrastar por toda a sua vida o peso do casco nas costas. Para ele, o jabuti é uma das coisas mais importantes do universo.

Essa é uma sequência importante do filme, e seguem-se outras que eu gostaria de mencionar. Uma delas é a cena em que Lucky encontra no bar um fuzileiro naval veterano. Os dois relembram os tempos da guerra, em que também Lucky atuou, como cozinheiro em navio da marinha. Daí adveio seu apelido Lucky, um cara de muita sorte, por ter escapado do mundo das batalhas, permanecendo sempre no navio.

O fuzileiro recorda um episódio vivido na violenta batalha de Tarawa, nas Filipinas, onde cerca de 6.400 japoneses, coreanos e americanos morreram numa pequena ilha durante as 76 horas de luta. Ao final dos combates, os cadáveres de militares americanos espalhavam-se pelas praias de Tarawa ou flutuavam na água, nas proximidades.

Na conversa entre os dois, o fuzileiro naval relata um comovente episódio. Ele fala de uma situação particular em que se viu envolvido, quando o povo da ilha se escondia dos fuzileiros com um medo imenso. Os japoneses diziam

---

[51] Quem interpreta o personagem no filme é o diretor David Lynch, que fez *A cidade dos sonhos* (*Mulholland Drive*, 2001).

que os fuzileiros americanos iam matar todos os moradores. Os habitantes que sobreviveram aos combates começaram a atirar as crianças num abismo, saltando eles mesmos em seguida no vazio. Consideravam o gesto de se matar mais nobre que confrontar os americanos.

O fuzileiro relata também o dia em que viu uma garotinha de cerca de sete anos que tinha saído de um buraco e estava em trapos. Quando viu os americanos se aproximarem, ela os recebeu com um sorriso lindo no rosto. Não era um sorriso fingido, mas vinha de dentro, como algo especial. Com seu gesto fez todo mundo parar. Os americanos estavam imundos, e havia pessoas espalhadas por todo canto. Não havia sequer uma árvore de pé, e ela estava sorrindo... O fuzileiro comentou com um companheiro: "Veja, tem alguém feliz por nos ver." E o companheiro respondeu: "Ela não está feliz por ver você. Ela é budista. Ela acha que vai ser morta e está sorrindo para o seu destino." E o fuzileiro comenta com Lucky: "Quando penso naquela garotinha linda, com seu sorriso, no meio daquele horror, e de como ela invocava alegria." E conclui: "Ninguém dá medalha para esse tipo de coragem!"

Uma sequência muito bonita e alegre acontece numa festa a que Lucky é convidado por uma amiga. É a celebração do aniversário de seu jovem filho. Nesse momento o filme ganha um brilho novo. As luzes se focam no rosto de Lucky no momento em que ele decide cantar à capela uma conhecida canção *mariachi*.[52] Sua voz ganha um tom suave, rompendo com os pensamentos de incerteza que dominam sua vida na ocasião. É uma canção que fala de amor, e os olhos de Lucky brilham com a energia da canção, impactando todos que estão em volta. A letra da canção fala do apaixonado que faz um apelo pungente para reatar a relação amorosa. Ele quer voltar (*volver*) aos braços da amada. Ao longo da participação imprevista de Lucky, entram em cena os *mariachi* que animavam a festa e passam a acompanhá-lo no canto. É uma das mais belas sequências do filme, onde emerge toda a arte interpretativa de Harry Dean Stanton.

Ao final do filme, Lucky encontra o velho amigo Howard no bar e se surpreende ao saber que ele não está mais à procura de seu jabuti. O amigo lhe diz: "Tudo bem, vou esquecendo disso. Fico pensando quanto tempo ele gastou planejando a fuga e como foi cuidadoso para evitar que o encontrassem." E conclui:

---

[52] Trata-se da canção *Chegou o momento de perder*.

> Agora entendo que ele não me abandonou. Ele foi fazer uma coisa que achava mais importante. Sinto-me culpado por ter atrapalhado tanto tempo. Por isso parei de procurá-lo. Se tiver que ver, vou vê-lo de novo. Ele sabe onde estou, e sempre deixo o portão aberto.

No mesmo bar da amiga Elaine, Lucky profere um discurso, enquanto fuma um cigarro. É algo proibido ali. Quando acende o cigarro, é repreendido pela amiga dona do bar. Em vez de sair do ambiente, ele toma a palavra e disserta sobre a verdade. E diz: "A verdade é uma coisa: a verdade de quem somos, do que fazemos. Temos que enfrentar e aceitar... A verdade de tudo para todos nós. E essa verdade é que tudo vai desparecer."

Lucky então olha detidamente para cada um dos que estão ao redor, no bar, e diz: "Você, você, você, você, eu, este cigarro, tudo! Tudo vai desaparecer na escuridão, no vazio. Na verdade, ninguém está no comando. E você fica no meio do *ungatz* (nada). É tudo o que existe!"

Um grande espanto preenche o rosto dos que estão acompanhando seu discurso, e então alguém pergunta, e os outros reiteram: "E o que você pode fazer? E o que podemos fazer? Depois de um breve silêncio, Lucky volta-se para eles e abre um grande sorriso. Isso, de fato, é tudo o que se poderia dizer. Lucky então sai do bar e se dirige para sua casa, calmamente. Pelo caminho árido, ele se depara ao final com um cacto que está na estrada. Seu olhar se volta com serenidade para tudo que o rodeia. E ele abre um largo e lindo sorriso para a câmera. Enquanto ele se afasta, a câmera foca apenas o jabuti, que se movimenta tranquilamente por ali, sem que Lucky se dê conta. E com uma das lindas canções da trilha sonora ao fundo, a película se encerra, deixando os espectadores em admiração singular, voltados para pensamentos que se desdobram para além do espetáculo.

6

O SABOR DA VIDA, NAOMI KAWASE (2015)

No percurso realizado até aqui na série Filmes em Perspectiva, é a primeira vez que nos deparamos com a diretora japonesa Naomi Kawase (1969-). As imagens de seus filmes ficam densificadas na memória em razão de tanta beleza e delicadeza que encontramos em seus trabalhos. Além de *O sabor da vida (An)*, aqui comentado, ela foi responsável por filmes singulares como *O bosque do luto (Mogari no mori*, 2007), consagrado com o Grande Prêmio do Júri do Festival de Cannes; *O segredo das águas (Waterworld*, 2014), *Vision* (2018) e *Esplendor (Hikari*, 2018).

Não há muitas referências sobre a biografia de Naomi Kawase. O que se sabe é que seu pai biológico abandonou a família e ela foi criada pelos tios-a-vós. Num de seus documentários, *Céu, vento, fogo e água (Kya Ka Ra Ba A*, 2001), ela presta homenagem póstuma a seu pai, num filme marcado por imagens enigmáticas e preciosas. Em seu trajeto de vida, ocorreu também a perda de um irmão e de um filho. Sua cidade de origem, Nara, é cenário de muitos de seus trabalhos, ocupando lugar de destaque em seu olhar sobre o mundo. Com sua delicadeza peculiar, ela passeia em vários trabalhos pelos pequenos vilarejos que circundam sua cidade natal, que chegou a ser capital do Japão antigo, entre 710 e 794, e que em 2010 comemorou 1300 anos.[53]

---

[53] Para um olhar geral sobre os filmes de Naomi Kawase, aconselho o livro de vários autores, organizado pelo Centro Cultural Banco do Brasil: *O cinema de Naomi Kawase*. Rio de Janeiro: CCBB RJ), 2011.

A paixão da diretora pelo cinema a acompanha desde jovem, quando, aos 18 anos, saiu com sua câmera de 8 mm para realizar seu primeiro trabalho. Dotada de sensibilidade incomum, voltava sua atenção para diversas coisas, que ganhavam brilho especial com seu olhar, de modo muito particular a água, o corpo e a casa.[54] Há muita chuva nos filmes da diretora. As sensações dos espectadores são tocadas pelo ritmo do tempo, sobretudo nos momentos em que "o vento, as cores e os cheiros ficam mais fortes e perceptíveis, enquanto todo o restante da natureza parece se calar à espera do inevitável."[55] Seus trabalhos guardam um toque autobiográfico bem específico.

Em notas da própria diretora, ela sublinha que seus filmes se situam na fronteira entre documentário e ficção. A vida, com todos os seus delineamentos, brota com singeleza em seu olhar atento. Como ela disse:

> A vida é uma série de aventuras milagrosas desconhecidas. Enquanto vivermos, sempre continuaremos encontrando tantos elementos e emoções da vida; adversidade, dificuldades, alegria, felicidade etc. Encontramos todos esses elementos simplesmente porque estamos vivendo nossas vidas de milagre. O que desejo é expor e expressar esses sentimentos e elementos fundamentais da vida por meio da mágica do cinema.[56]

O cinema de Naomi Kawase é pontuado pelo toque da sensibilidade. Há em seu olhar uma generosidade única, que aborda temas de fronteira, como o nascimento e a morte, exemplificados nos filmes *Nascimento/Maternidade* (*Tarachime*, 2006), no qual filma o próprio parto, ou na *Carta de uma cerejeira amarela em flor* (*Tsuioku no dansu*, 2002), em que aborda os últimos meses de vida do fotógrafo, crítico e editor de fotografia Kasuo Nishi, com singular sensibilidade. Seu cinema está todo tomado pelo clima de seu entorno, na atenção ao ciclo da vida. Não há como entender a sua obra sem destacar essa singularidade. São interesses

> atravessados pela intensidade da presença física das pessoas no seu dia a dia, assim como por uma atmosfera de cumpli-

---

[54] VVAA. *O cinema de Naomi Kawase*, p. 9 e 12 (Artigo de Carla Maia e Patrícia Mourão: Água corpo casa Kawase).

[55] Ibidem, p. 9.

[56] Ibidem, p. 17.

cidade entre elas, que nos remete aos sentidos profundos da vida, mas também à sua dimensão física, cotidiana, banal.[57]

Em carta da pensadora e mística Simone Weil ao amigo Joe Bousquet, de 13 de abril de 1942, ela sublinha que "a atenção é a forma mais rara e mais pura da generosidade."[58] É o que vemos no trabalho de Naomi Kawase. Para utilizar uma expressão do filósofo Ortega y Gasset, para que se possa ver a dor, é necessário interromper o fluxo da doença e se converter num vidente.[59] Há um "xamanismo da intimidade" no cinema de Kawase, uma atenção especial à feminilidade, como se pode observar nos contrastes que estão presentes em seu olhar, que se debruça tanto sobre aquela que gera vida quanto na anciã nonagenária, que vive o desgaste de sua corporalidade no filme *Nascimento/ Maternidade*.[60]

Toda a obra de Naomi Kawase expressa a preocupação de criar vínculos, num trabalho minucioso e atento para interrogar o puro presente e as entranhas do real. Ela não deixa escapar o que é efêmero e contingente, numa dinâmica que traduz de forma bela o gesto de acariciar a imagem. Seus filmes não se prendem às convenções ou à lógica do mercado. São pura delicadeza. Há cuidado em retratar as transformações e perdas, com um vínculo singular com o tempo.

A diretora "se preocupa muito com uma relação de proximidade participativa que a câmera estabelece com aquilo que é filmado – pessoas, objetos, natureza."[61] São filmes que tratam do "eu, agora, aqui", com o foco na intensidade das experiências. A diretora sublinha que seus filmes têm como traço o "reencontro com o passado", como em *Caracol* (1994), que desperta e provoca um coração atento. São trabalhos atravessados pelo ciclo vital, pontuando ausências, partidas, morte, perda e luto. Em seu trabalho de atenção ao cotidiano, com repetidas inserções no espaço doméstico, a diretora busca "colecionar durações" e captar com vitalidade as emoções da vida. São filmes com marcada dimensão contemplativa.

---

[57] Ibidem, p. 203 (Artigo de João Dumas. Luz e sombra sobre os olhos).

[58] Simone Weil & Joë Bousquet. *Corrispondenza*. Milano: SE SRL, 1994, p. 13.

[59] Apud VVAA. *O cinema de Naomi Kawase*, p. 99.

[60] VVAA. *O cinema de Naomi Kawase*, p. 110-112 (Artigo de Luiz Miranda. Dar à luz. Naomi Kawase).

[61] Ibidem, p. 181 (Artigo de Keiji Kunigami. Naomi Kawase e o presente).

Kawase faculta ao espectador atender aos sentidos mais profundos da vida, mesmo quando defrontado com a experiência da morte, como no filme *Carta de uma cerejeira amarela em flor*. Realiza com destreza de artista a filmagem da "morte para fazer um elogio à delicadeza da vida – e à delicadeza da vida no tempo."[62]

Voltando-nos agora ao objeto da reflexão, que é o filme *O sabor da vida*, de 2015, vemos a diretora retomar os grandes temas de suas reflexões. O título original do filme é *An*, nome dado a uma pasta de feijão azuki adocicada e muito apreciada pelos japoneses. Trata-se de uma produção japonesa, francesa e alemã, com roteiro da própria diretora e de Tetsuya Akikawa, com base no romance de Durian Sukegawa, que tem o mesmo título do filme, *An*. Toda a sensibilidade da diretora volta-se aqui para três personagens complexos, interpretados por atores experientes e consagrados no Japão, para retratar três gerações unidas pela solidão. O filme foi classificado na seleção oficial *Un certain regard* do festival de Cannes e recebeu o prêmio de melhor ficção internacional na 39ª Mostra de Cinema de São Paulo (Prêmio do Público).

Como sublinha Fabio Belik, em resenha sobre o filme publicada em janeiro de 2012:

> Eis aqui um filme delicado e ao mesmo tempo denso, realizado com sensibilidade artística e notável expressão lírica. Trata-se de cinema maduro, que nos traz uma história emocionante, mas sem perseguir as cenas lacrimejantes – embora em certos momentos o encontro com nossas próprias emoções torne o choro inevitável. É construído com uma simplicidade narrativa comovente, como se nos oferecesse uma sucessão de haicais. É realizado com virtuosismo no trato das imagens e dos sons – o universo sonoro, aliás é um espetáculo à parte! Enfim, é um filme sobre o qual só consigo derramar elogios.[63]

Somos desde o início tocados pela maravilhosa e delicada trilha sonora e paisagens com cerejeiras em flor, favorecendo o desdobramento do roteiro.

O filme coloca-se na trilha de outros grandes trabalhos que tiveram como tema a comida, dentre os quais destacam-se *A festa de Babette* (*Babettes gæstebud*,

---

[62] Ibidem, p. 204 (Artigo de João Dumas. Luz e sombra sobre os olhos).

[63] https://www.cronicadecinema.com.br/2022/01/sabor-da-vida.html (acesso em 22/10/2023)

1987), *Chocolate* (*Chocolat*, 2000) e *Simplesmente Martha* (*Mostly Martha*, 2001). No elenco de *O sabor da Vida* temos Kiki Kirin, no papel de Tokue, Masatoshi Nagase, no papel de Sentaro, e Kyara Uchida, interpretando a adolescente Wakana.

São, como vimos, três gerações unidas pela solidão. A história dos laços que se tecem entre os três é feita com grande cuidado e singeleza, despertando o carinho do espectador logo no início da película. Estamos no âmbito de uma cidade grande, com o movimento apressado de seus carros e trens, com as pessoas que circulam na busca de êxito e realização, e ao mesmo tempo, as imagens das cerejeiras que balançam ao vento no ritmo das estações e o sabor delicado dos feijões sendo cozidos e irradiando pelos ângulos da cidade sabores que são intensos e desejados. Há um virtuosismo peculiar no trato das imagens e dos sons. Na fotografia, destaca-se o trabalho brilhante de Akiyama Shigeki.

A narrativa é simples e comovente, com destaque, já no início, para o contraste entre o barulho do mundo e o ritmo cotidiano do trabalho quase artesanal de Sentaro em sua pequena loja, onde prepara o tradicional *dorayaki*, que é feito com a pasta de feijão azuki.[64] O rapaz de cerca quarenta anos trabalha ali cotidianamente, mas tem os olhos tristes, marcados pelas dificuldades do passado. As imagens captam no início do filme os seus pés cansados, arrastando-se no terraço de sua casa para fumar sozinho, antes de começar a tarefa cotidiana em sua lojinha. No âmago de seu ser, o que há é um vazio que não se explica, e ele vive sua rotina quase indiferente ao movimento da vizinhança.

Em torno de sua loja, cuja proprietária é uma arrogante japonesa, circulam as crianças das escolas da redondeza e, entre elas, Wakana, uma adolescente também solitária. O silêncio da jovem contrasta com o rumor de outros jovens das redondezas, que são efusivos e brincalhões. Ela carrega consigo as marcas de uma vida difícil e um relacionamento complexo e doloroso com sua mãe. Como companhia tem apenas um canário, Marvy, que a anima com seus belos trinados. Wakana frequenta a loja de Sentaro e demonstra interesse em trabalhar ali, contribuindo para a feitura dos *dorayaki*. O silêncio de Wakana é também revelador de seu mundo interior e manifesta sua presença solitária, com breves saudações e agradecimentos.

Tudo começa a se transformar quando entra em cena uma senhora japonesa, Tokue, que mora num asilo para pessoas que sofrem ou sofreram com a

---

[64] São mini-panquecas recheadas de pasta de feijão adoçado.

hanseníase. Há que recordar que no Japão, até 1996, havia uma lei de prevenção à hanseníase que isolava os doentes em asilos distantes, mesmo depois de curados, como era o caso de Tokue.

Tokue busca preencher seus dias com passeios pelos parques e redondezas, e sua alegria é nítida ao ver as belezas da vegetação, das flores e árvores. Na primavera, então, seu coração vibra de alegria com o florescimento das cerejeiras. E é justamente uma delas, aliada ao aroma do *dorayaki*, que a faz aproximar-se da loja onde trabalha Sentaro. Atraída por um anúncio de emprego na porta, ela aproxima-se delicadamente e manifesta seu interesse em trabalhar ali. Tem uma grande familiaridade com os *dorayaki* desde seus tempos de jovem, e sua vontade é abrir uma loja parecida com aquela. Tem uma experiência de cinquenta anos com o preparo dos feijões. Em razão dos reveses da hanseníase, contraída nos tempos da adolescência, tem as mãos defeituosas, e, mesmo assim, oferece seus serviços para o rapaz.

A frágil senhora, em razão da idade, é sutilmente rejeitada por Sentaro. A seu ver, é um trabalho muito pesado para alguém de 76 anos de idade. Com seu jeito simples, Tokue insiste em seu pedido. Não vendo reação positiva, ela retira-se da loja e dá sequência a sua caminhada, mas pede antes ao "chefe" para pensar com carinho na ideia. Despede-se também da grande cerejeira florida que ornamenta a paisagem ao redor. A jovem Wakana, que acompanha a cena, manifesta a Sentaro sua vontade de trabalhar ali como ajudante.

Insatisfeita com a resposta recebida, Tokue retorna posteriormente à loja e deixa para Sentaro uma amostra de seu tradicional molho para a feitura do *dorayaki*. Da primeira vez que esteve na loja, ela fora presenteada com um *dorayaki*, e agora pode relatar o que achou da iguaria. Sublinha para o rapaz que a massa estava muito boa, mas a pasta de feijão podia estar melhor. O rapaz não dá tanta atenção, mas aceita um potinho com o molho que ela deixa para ele. Ao final do expediente, ele olha o frasco com o recheio, sem muita animação, mas depois o experimenta. Com grande surpresa, percebe que há ali algo de muito especial.

Quando ela retorna, é finalmente aceita para o trabalho, e os dois passam a colaborar mutuamente. Todas a minúcias envolvidas no preparo da iguaria são transmitidas para Sentaro, num trabalho cuidadoso que se inicia antes mesmo do raiar do "Senhor Sol", exigindo uma "paciente escuta e apreciação". Em sua resenha sobre o filme, Isabela Boscov relata uma linda cena dos dois preparando juntos a iguaria:

> A cena em que eles preparam juntos a pasta de feijão pela primeira vez é um belíssimo exemplo de como, geração após geração, os cineastas japoneses consolidam sua imensa tradição visual: o preparo da pasta toma horas a fio, inclui uma dezena de etapas e exige certas delicadezas que Sentaro nunca imaginara existir – e Naomi Kawase encena essa longa sequência quase como uma coreografia em que Sentaro e Tokue ora trocam de lugar seguidas vezes na cozinha minúscula, ora nada têm a fazer senão esperar. As mudanças na luz (eles começam antes do amanhecer) correspondem às mudanças na aparência dos feijões e na postura dos dois personagens (que estão cada vez mais cansados). É quase como ver uma partitura virar música: ao final, essa atividade toda se transmuta em um instante de deleite, quando eles experimentam a pasta pronta e suspiram.[65]

Tokue, com seu jeito singelo e sua alegria infantil, passa a contagiar o ambiente com festa e maravilhamento. É de fato alguém muito feliz, apesar das dificuldades que viveu no passado. Sua marca particular é o olhar, sempre encantador, bem como seu dom para o humor. Tudo para ela é motivo de admiração, sobretudo o canto das coisas e a beleza da natureza. É um encanto que igualmente se derrama sobre o preparo do feijão. A pequena cozinha da loja ganha nova vida com sua presença, que também contagia Sentaro e Wakana. Cria-se um lindo laço de afetividade entre os três. Tokue diz que tudo que ocorre no mundo tem uma história para contar.

Para prejudicar a alegria da festa e do laço que une os três personagens do filme, o passado de Tokue acaba sendo divulgado para os que frequentam a loja, por um deslize de Wakana, que comenta o fato com sua mãe, e a partir daí outros ficam sabendo. O grande movimento da loja com a chegada de Tokue acaba arrefecendo. O preconceito com a hanseníase afeta o andamento das coisas, chegando aos ouvidos da proprietária da loja, que aconselha Sentaro a

---

[65] https://isabelaboscov.com/2015/12/11/sabor-da-vida/ (acesso em 21/10/2023)

despedi-la. Sem que isso precise ocorrer, a própria Tokue se dá conta da situação e se afasta do trabalho. Envia depois uma linda carta para Sentaro, agradecendo sua acolhida. Ali ela diz:

> Querido chefe, como vão as coisas na loja? Temo que seu espírito esteja abalado. Quando estava preparando a pasta de feijão, eu sempre ficava escutando as histórias que os feijões contavam. É uma forma de imaginar os dias de chuva e de sol pelos quais eles passaram. Imaginar a brisa que passou por eles, ouvir a história das jornadas deles. Isso mesmo. Escute-as. Acredito que tudo neste mundo tem uma história para contar. Até mesmo o brilho do sol e o vento podem ter histórias que você pode ouvir. Talvez esta seja a razão.[66]

Ainda na carta enviada para seu "chefe", Tokue sinaliza que alguns buscam viver a vida de forma irrepreensível, e são às vezes surpreendidos pela ignorância do mundo. E continua:

> Há momentos nos quais precisamos usar da nossa esperteza. Eu devia ter falado com você sobre isso. Tenho certeza que algum dia você criará sua loja de *dorayaki*, que representará a sua visão. Tenha convicção se seguir o seu próprio caminho. Sei que pode fazer isso, chefe.

O trabalho de Sentaro segue agora com a ajuda de Wakana. A rotina é, porém, rompida com uma decisão da proprietária da loja de favorecer seu sobrinho, atribuindo-lhe uma tarefa específica no local, que passa por obras para os novos desafios previstos por ela para a loja. Tudo isso é motivo de abatimento e contrariedade para Sentaro, que cada vez mais é tomado pelo desânimo em levar adiante o trabalho. Ele e Wakana programam uma visita ao asilo onde habita a amiga Tokue. Os dois partem juntos e localizam finalmente a área de isolamento onde habita a amiga, depois de uma longa viagem de metrô e a travessia bucólica de uma pequena floresta.

Os três solitários se reencontram com afeto e alegria: "Os laços de cuidado e afeto, até então discretos, evidenciam-se: uma mãe sem seu filho, um filho sem sua mãe e uma criança sem cuidados, assim estavam Tokue, Sentaro

---

[66] Texto do roteiro do filme.

e Wakana antes de ouvirem juntos os feijões azuki."[67] Com os laços de amizade firmados, Sentaro decide revelar a Tokue em carta as razões que motivam seu silêncio diante do mundo hostil. Ele também ficou afastado da sociedade por razões diversas. Ficou preso por três anos em razão de uma intervenção sua para conter uma briga, e acabou sendo envolvido. Durante a prisão, sua mãe faleceu sem que ele pudesse mais ouvir suas histórias. O tempo desde então se fechou para ele, e agora, com Tokue, uma nesga de esperança se abriu.

Com as novas mudanças operadas pela proprietária na antiga loja, Sentaro desanima de continuar o trabalho. Ele e Wakana decidem fazer nova visita à amiga no asilo, e são surpreendidos com a notícia da morte de Tokue, dada por sua amiga Yoshiko, que morava junto com ela. Os dois ficam sabendo que Tokue tinha legado a Sentaro seus preciosos instrumentos de trabalho, que foram delicadamente separados para ele. A amiga do asilo leva os dois para o local onde as cinzas da amiga foram lançadas. Ali cresce delicadamente uma cerejeira.

Na rica resenha feita por Edyleine Severiano, encontramos a síntese mais precisa da beleza contida nesse filme de exemplar singularidade:

> Kawase, assim, oferece ao espectador uma reflexão sobre as relações familiares e a natureza, e como essas entrelaçam-se pelas falas e auscultas, lembrando que todos têm algo a oferecer, não importando a idade. Não há seres descartáveis, o que deve ser isolado é o medo do diferente. Mais do que os feijões, Tokue dedicava-se a ouvir o mundo, a ouvir o som, a voz, as narrativas que as pequenas coisas têm para contar, as minúcias daquilo que compõe o cotidiano. Impedida de ouvir seus entes queridos, restou a Tokue aprender a ouvir a natureza, os sentidos e os sentimentos que essa expressa, inclusive os alimentos. A natureza, então, é o que passa a atá-la ao mundo. Kawase dá forma a uma pequena família, cujos membros conseguem conectar-se a partir da escuta da natureza. Tokue, que aprendera a ouvir o mundo, como mãe e avó, dedica-se a ensinar essa escuta motivadora da

---

[67] Edyleine Daniel Severiano. An – O sabor da vida: tudo neste mundo tem algo a nos contar, basta que estejamos dispostos a ouvir: https://revistaintertelas.com/2020/06/05/an-o-sabor-da-vida-tudo-neste-mundo-tem-algo-a--nos-contar-basta-que-estejamos-dispostos-a-ouvir/ (acesso em 21/10/2023)

> presença, do estar, da agência no mundo, da fala. Sentaro encontra a voz perdida de uma mãe a acolher seu filho e prepará-lo para o mundo e Wakana, que não conseguia ser ouvida pela mãe, recebe de Tokue e Sentaro o incentivo para encarar a vida. Desse modo, ela lega aos dois o aprendizado de ouvirem as vozes do mundo, da natureza, para que assim, ecoem e falem.[68]

Ao final do filme, deparamo-nos com uma nova realidade. Os dois amigos seguem agora sua vida com disposição e alegria, depois de reencantados com o exemplo de vida de Tokue. Wakana continua então seus estudos e Sentaro retoma seu trabalho, agora de forma individual e autônoma, vendendo seus *dorayaki* com liberdade e disposição. E a vida segue a contar suas histórias.

---

[68] Ibidem.

7

A JUVENTUDE, PAOLO SORRENTINO (2015)

Estamos diante de um filme magnífico, a meu ver, que aborda questões fundamentais da vida humana, de modo particular a questão da felicidade. A estreia de *A juventude* (*La giovinezza*), de Paolo Sorrentino, se deu no Festival de Cinema de Cannes, em maio de 2015. O filme ganhou doze prêmios em festivais onde foi apresentado, sendo a música *Simple Song*,[69] que aparece ao final do filme, indicada ao Oscar de melhor canção original. O filme teve ainda a indicação ao Globo de Ouro de melhor atriz coadjuvante (Jane Fonda) e melhor canção. Registre-se ainda a beleza da fotografia, a cargo de Luca Bigazzi.

Podemos aqui fazer menção a um tema freudiano, como lembra Lucia Sivoletta Wendlig, que aborda o filme na coluna "Crônicas Cariocas" de abril de 2016:[70] será o ser humano alguém fadado à felicidade? Na verdade, há como contraponto o princípio da realidade, que barra qualquer hipótese de uma felicidade completa, sendo sempre parcial. O mundo real não consegue satisfazer nossos desejos. Ser ou não feliz é um tema recorrente no filme.

Tive acesso ao roteiro, que foi publicado em livro na Itália, em 2015. Temos ali todos os momentos e falas do filme, que são muito significativos. O roteiro é simples: somos apresentados a dois personagens que se encontram à

---

[69] Toda a bela trilha sonora do filme é de autoria de David Lang.

[70] https://cronicascariocas.com/colunas/cinema/criticas/lucinha-no-cinema/a-juventude-youth-la-giovinezza/ (acesso em 20/11/2021)

beira dos oitenta anos, amigos de longa data: Fred Ballinger (Michael Caine) e Mick Boile (Harvey Keitel). O primeiro é um compositor e maestro aposentado, autor de uma linda e reconhecida composição: *Canção simples* (*Simple song*); o segundo é um bem-sucedido cineasta, decidido a fazer um último filme, que seria o seu testamento.

Os dois estão num idílico e luxuoso *spa* no sopé dos Alpes, na Suíça, entre paisagens maravilhosas. Com eles, outros personagens, pessoas de idades e objetivos diversos: Lena Ballinger (a filha e secretária de Fred, que vinha de um casamento rompido com Julian);[71] Jimmy Tree (Paul Dano), um jovem ator, que ficou conhecido por representar Mister Q (um robô de ferro, cuja armadura pesava noventa quilos, e sua face quase não era vista); um ex-jogador argentino de futebol (uma paródia de Maradona);[72] uma atriz famosa mas decadente (Brenda Morel, interpretada por Jane Fonda); um professor de alpinismo (Luca Moroder, interpretado por Robert Seethaler); uma linda Miss Universo (Madalina Diana Ghenea); e uma cantora inglesa (Paloma Faith).

Os dois amigos recordam, naquele lugar paradisíaco, passagens da vida, da infância. Fazem igualmente planos para o futuro. O filme lança para todos os que o assistem a delicada questão do legado que deixamos para os outros na vida. Em certos momentos do filme, fica a sugestão de que a obra que fizeram firmou-se como mais importante do que aquilo que "conseguiram fazer de suas vidas".[73] A expressão "nostalgia" talvez consiga dar um significado mais preciso ao filme: do grego *nostós* (regresso) e *algoz* (dor).

Temos também a temática da passagem do tempo, como numa frase da tradição budista: "Tudo muda. Tudo aparece ou desaparece"; ou então Rilke: "O que é nosso flutua e desaparece" (Segunda Elegia de Duíno).

Há ainda a questão do preconceito: a visão preconceituosa do jovem ator com respeito à Miss Universo[74] ou da filha do compositor com respeito ao professor de alpinismo. Essa questão foi apontada com presteza por Alessandra Ogeda em sua resenha do filme.[75]

---

[71] Ele, Julian, filho do velho cineasta Mick, arruma uma amante e diz que ela é boa de cama. Isso irrita profundamente Lena quando sabe disso pelo pai no hotel. *La giovinezza*, p. 69.

[72] Sempre citado no roteiro como o obeso sul-americano. Em determinado momento do filme, o cineasta Mick sublinha que aquele sul-americano é "o último, verdadeiro, autêntico mito na Terra". *La giovinezza*, p. 56.

[73] https://movienonsense.com/2016/04/09/youth-la-giovinezza-juventude/ (acesso em 20/11/2021)

[74] Paolo Sorrentino. *La giovinezza*, p. 118-119.

[75] https://movienonsense.com/2016/04/09/youth-la-giovinezza-juventude/ (acesso em 20/11/2021)

Sorrentino é um diretor muito influenciado por Fellini, e vemos no filme passagens que lembram o grande diretor italiano, sobretudo em sua obra *Oito e meio* (*Otto e mezzo*, 1963).

Passo a destacar algumas cenas marcantes do filme.

1. Uma reflexão sobre a amizade. Em momento do filme, num encontro de Lena com Mick, ela estranha o fato de o cineasta não estar sabendo de determinado detalhe de posicionamento de seu pai, o compositor. E ele responde com tranquilidade: "Nas belas amizades, o que dizemos são apenas as coisas belas."[76]

2. O tema da juventude. É memorável a cena em que os dois amigos, num passeio no hotel, assistem a um jovem que passa rapidamente com sua *mountain bike*, numa roda só, em ousado procedimento na inclinada rampa da estrada, com energia fantástica.

Mick fala ao amigo que não se lembra mais de quase nada, nem mesmo de seus pais ou de sua infância. Mas lembra-se do dia em que aprendeu a andar de bicicleta. E que felicidade (mesmo assim, com algo tão banal). E diz que pela manhã tinha se recordado de outra coisa... e o amigo Fred adivinhou: o dia em que caiu da bicicleta. E justificou por que adivinhou: "Porque isto se dá com todos. Aprende a fazer uma coisa, fica feliz, e acaba por esquecer de frear."[77]

Há também o "clima de alegria", como na exemplar cena em que o velho compositor Fred rege, no meio das árvores, um coral de vacas. É uma cena única: com gestos delicados das mãos, ele vai regendo, sentado num tronco, e ao som dos sinetes das vacas juntam-se o som das cigarras e o dos pássaros. Com muita doçura, ele fecha os olhos e admira aquela sensação maravilhosa – uma sinfonia da natureza. Como diz o roteiro, é a primeira vez no filme que o compositor aparece como alguém feliz. Compondo mentalmente, ele seleciona os rumores que estão à disposição e se percebe regendo maravilhosamente.[78]

E a cena mais ao final, quando o médico do *spa* diz a ele que seus exames estão perfeitos, e que não tem problema algum na próstata: "O senhor está tão

---

[76] Paolo Sorrentino. *La giovinezza*, p. 144.

[77] Ibidem, p. 89.

[78] Ibidem, p. 44-45.

sadio como um peixe." E indica para ele o que o aguarda fora dali: "a juventude".[79] Mas Fred diz ao amigo músico mais adiante que ele voltará para a sua casa e para a rotina normal.

3. A diferença do olhar entre as pessoas, exemplificada no olhar que a filha Lena dirige a seu pai, e a reação deste ao falar da questão de sua mulher, internada numa clínica particular. A filha lamenta o fato de o pai só ter pensado na música. Nada mais havia na sua vida. Para ele, o que devia imperar era apenas o silêncio: o silêncio para ajudar a inspiração; o silêncio para descansar. E também a aridez: nada de carinho ou abraço, nem um beijo sequer. E a filha continua: "Não conseguiste a cura de teu sofrimento." Até hoje sequer conseguiu levar flores para a mulher, internada numa clínica em Veneza. E ainda: "Queria ser Stravinski, mas não tinha um milésimo de seu gênio."[80]

Em certo momento, ela fica comovida ao presenciar uma cena amorosa de seu pai, um carinho enquanto ela "fingia" dormir. Isto pela primeira vez na vida.[81] Fica também emocionada por ter presenciado uma fala de seu pai com o emissário da rainha, quando disse que não queria mais reger sua música, pois só mesmo sua mulher seria capaz de ser a soprano. A filha diz: "Ele demorou oitenta anos para dizer uma coisa romântica."[82]

E há o olhar do pai, quando visita sua mulher, já ao final do filme, na clínica em que está internada. Ele diz: "Melanie, os filhos não sabem. Não conhecem as coisas dos genitores (...). Não podem saber. Não sabem como tremi na primeira vez em que te vi no palco (e a orquestra riu discretamente)". Eles, os filhos, não sabem como você me amou e como eu te amei. Eles não sabem o que fomos eu e tu, não obstante tudo..."[83] Em outro momento do filme, diz ao amigo Mick que aquilo que falta em sua vida agora é sua mulher, Melanie. E a mulher se mantém ali no quarto, sem voltar o olhar para o marido, imóvel junto à janela, com o olhar destruído pela doença.[84]

---

[79] Ibidem, p. 179-180.

[80] Ibidem, p. 72.

[81] Ibidem, p. 144.

[82] Ibidem, p. 144.

[83] Ibidem, p. 184.

[84] Ibidem, p. 183 e 192.

4. O ponto nevrálgico da questão da morte: a questão fundamental não é simplesmente deixar memórias aos que ficam, transmitir o saber... Tudo isso acaba por escamotear o único problema, que é a morte, assim tão vizinha (palavras de Fred a Mick).[85] Em certo momento, o cineasta sublinha: "A maior parte dos homens morre não só sem testamento, mas morre sem que ninguém se dê conta."[86]

E o maestro assiste sem conseguir reagir à morte suicida do amigo, já ao final do filme, depois que ele recebeu a negativa da atriz querida por ele para concluir o seu filme. Num encontro entre os dois no hotel, ela disse a ele: "A sua carreira terminou (...) O seu filme testamento não interessa a ninguém, arriscando colocar tudo a perder com respeito aos belos filmes que fez."[87]

Na dura cena do suicídio do amigo, Fred diz que volta à rotina da casa, enquanto Mick sublinha que não consegue viver com a rotina, e as emoções para ele são tudo. "Com grande simplicidade" ele se achega à janela e joga o seu corpo, sem que o amigo possa fazer algo para salvá-lo.[88]

5. A irrevogabilidade da velhice: a bela cena em que Mick, com uma luneta, mostra a uma jovem uma montanha vista de perto (com um lado da luneta) e vista de longe (com o outro lado). Isso expressa a diferença entre a juventude (que se vê de bem perto) e a velhice (que se vê de longe).[89]

Como sublinha Alessandra Ogeda, "neste filme, a reflexão maior é sobre a passagem do tempo. Sobre as características das pessoas quando elas são jovens, que tipo de olhar, percepção, sensibilidade que elas têm, e o que acontece quando elas envelhecem – muda o olhar, a percepção e tudo mais."[90]

---

[85] Ibidem, p. 115-116.

[86] Ibidem, p. 166.

[87] Ibidem, p. 158

[88] Ibidem, p. 173.

[89] Ibidem, p. 101.

[90] https://movienonsense.com/2016/04/09/youth-la-giovinezza-juventude/ (acesso em 20/11/2021)

6. A questão da sexualidade. Na magnífica cena em que os dois velhos amigos ficam deslumbrados com a entrada da Miss Universo na grande piscina da sauna, com sua beleza esplêndida.[91] A beleza causa um impacto impressionante nos dois, como se estivessem diante de algo sensacional, mas inatingível. Uma mulher "concebida para causar distúrbio no mundo (*disagio nel mondo*)".[92]

Há também a cena "estranha" da relação sexual do casal alemão, que durante as refeições sequer se falam, mas em determinado momento o homem leva um tapão da mulher. Depois, os velhos amigos flagram os dois em cena escaldante no meio da floresta.[93]

E igualmente estranha é a sensação experimentada por Fred no jeito especial com que a jovem massagista toca o seu corpo. Fred pergunta a ela se ela entende tudo com as mãos e ela responde: "Se compreendem muitas coisas tocando. Mas talvez pelo fato de as pessoas terem medo de tocar-se."[94] A experiência da jovem é grande, capaz de sentir no toque o estado emocional de cada um, como ocorreu com Fred.[95]

7. Outro detalhe: o esfregar do papel das balas por Fred, com aquele barulho característico, como se estivesse compondo. Em certa cena, o seu velho amigo diz que aquilo que ele compõe com o papel da bala é o que de melhor fez na carreira.[96] Só na cena mais ao final, depois de visitar sua mulher, deixa de fazer isto.[97]

---

[91] Paolo Sorrentino. *La giovinezza*, p. 151.

[92] Ibidem, p. 152.

[93] Ibidem, p. 52, 79 e 91.

[94] Ibidem, p. 98.

[95] A mesma massagista aparece em outros momentos do filme em cenas lindas de dança, com exemplares movimentos plásticos.

[96] Paolo Sorrentino. *La giovinezza*, p. 150.

[97] Ibidem, p. 149 e 186.

8

A PARTIDA, YOJIRO TAKITA (2008)

*As tuas mãos têm grossas veias como cordas azuis
sobre um fundo de manchas já da cor da terra
— como são belas as tuas mãos
pelo quanto lidaram, acariciaram ou fremiram da nobre
cólera dos justos...
Porque há nas tuas mãos, meu velho pai, essa beleza
que se chama simplesmente vida.*

Mário Quintana

Lidar com a morte nunca foi uma experiência tranquila para o ser humano. Ao longo da história, a morte foi sempre algo vivenciado com dificuldade. Para utilizar uma expressão do poeta Manuel Bandeira, ela foi sempre a "indesejada das gentes". Para amenizar o peso dessa vivência, o ser humano encontrou canais rituais para, defrontado com esse enigma, situá-lo dentro de um quadro de significado que pudesse então ajudar os que perderam entes queridos a lidar com a dor. Na sequência da perda existe o trabalho do luto, que se equipara à dinâmica do confronto com uma "lesão grave".

Freud, que também viveu a traumática experiência de perda de uma filha, debruçou-se sobre o tema do luto, ajudando-nos a entender o seu significado. Para ele, o luto é um trabalho existencial de encontrar caminhos plausíveis de "perpetuar um amor ao qual não queremos renunciar",[98] favorecendo condições aos que vivem a perda de continuar o seu caminho com serenidade. Os lutos precisam ser trabalhados, pois podem ser infinitos. Eles ocorrem quando uma relação de amor se desfaz e provoca danos em quem fica. O luto não se resume à perda de uma pessoa amada, mas, como assevera Christian Dunker, firma-se como "uma espécie de paradigma genérico para pensar os destinos para a experiência humana da perda".[99] A privação de entes queridos é considerada pela Organização Mundial da Saúde uma das experiências deletérias para a saúde mental, daí o cuidado que deve envolver o tratamento das perdas.

O filme japonês *A partida* (*Okuribito*), de Yojiro Takita, de 2008, aborda o tema da travessia de uma forma lírica e delicada como poucos outros filmes conseguiram fazer com sucesso. O excelente trabalho cinematográfico do diretor japonês foi vencedor do Oscar de melhor filme estrangeiro de 2009, além de outras importantes premiações em festivais mundiais, como o Japan Academy Prize, angariando os prêmios de melhor filme, diretor, ator e atores coadjuvantes. Destacam-se ainda o singular roteiro de Kundo Koyama, a bela fotografia de autoria de Takeshi Hamada e a maravilhosa trilha sonora de Joe Hisaishi.

Em clássica passagem do livro da Sabedoria, no Primeiro Testamento, se diz que "idêntica é a entrada de todos na vida, e a saída" (Sb 7,6), ou seja, a partida. O ser humano é marcado pela contingência e a impermanência, mesmo que busque esconder essa realidade como forma de proteção de seu *nomos*. A verdade é que todos nós morremos, e as narrativas, sejam religiosas ou filosóficas, buscam explicar esse dado inapelável que encontramos em diversos momentos da nossa vida, com a perda de parentes, amigos e outros queridos.

O filme de Yojiro Takita, sem recorrer a complexas discussões filosóficas ou religiosas sobre a morte, busca lidar com o fenômeno como um fato dado, na sua fenomenológica presença, favorecendo o espectador na lida com as dores singulares e diversas daqueles que vivem a experiência. Através da preciosa mirada do diretor, somos levados a refletir sobre esse ato de partir e as nuances envolvidas no impacto da ausência naqueles que estão no tempo.

---

[98] Christian Dunker. *Lutos finitos e infinitos*. São Paulo: Planeta do Brasil, 2023, p. 15 (citando uma carta de Freud). Ver ainda: Id. *Lutos finitos e infinitos*. São Paulo: Planeta do Brasil, 2023.

[99] Christian Dunker. *Lutos finitos e infinitos*, p. 21.

O roteiro segue uma sequência simples e de certa forma previsível, recorrendo a uma história que se passa com um violoncelista japonês, Daigo Kobayashi (Masahiro Motoki) que, depois de perder o seu emprego numa orquestra privada em Tóquio, retorna a sua cidade natal, Yamagata, para conseguir nova ocupação, mas não mais no campo da música. Ele e sua esposa, Mika (Ryoko Hirosue), tomam juntos a decisão de reiniciar a vida na pequena cidade onde a história de Daigo começou.

Depois de vender seu precioso instrumento, Daigo retorna com sua mulher para sua cidade natal e ali busca uma nova ocupação. Os dois passam a viver na casa deixada como herança pela mãe do músico, na qual ainda existem marcas da presença de seu pai, que abandonou a família quando Daigo era ainda menino. A situação de abandono ficou impressa na vida do músico, como um trauma difícil que teve de resolver ao longo de sua trajetória. Ela traz as marcas de uma relação conflituosa com o pai.

Depois de tanto tempo de separação, ele guarda do pai uma nebulosa lembrança, e sua fisionomia perde-se na memória. O que o músico recorda, como algo que ficou marcado como presença em sua vida, é uma troca de pedras que fez com seu pai quando ainda era criança, seguindo uma velha tradição japonesa na qual as pessoas partilhavam pedras para expressar os sentimentos de uma ligação, recorrendo a pedras que pudessem representar a pessoa, de acordo com seu peso e textura.

Na casa onde o casal passa a morar, há uma coleção preciosa de música clássica, que era uma das paixões de seu pai. Em cena do filme, podemos observar como destaque, num dos discos, o concerto para violoncelo de Schumann, interpretado pelo músico Pablo Casals. O menino foi incentivado e mesmo obrigado por seu pai a dedicar-se ao aprendizado do violoncelo. A presença bonita da música instrumental se revela na trilha sonora do filme, envolvida pela harmônica participação do violoncelo, em clássicos de Schumann, Brahms (*Wiegenlied*, em especial), Gounod, assim como a imponente contribuição da nona sinfonia de Beethoven, com orquestra e coro. Tudo também somado com outros arranjos escolhidos por Joe Hisaishi, responsável pela trilha sonora do filme.

Na busca de um emprego, Daigo acaba descobrindo no jornal uma oferta que lhe interessa. No informe jornalístico estava escrito: "Ajudamos a partir".

Imaginando ser uma agência de viagens, que não exigia requisitos mais complexos, o músico acaba se interessando e partilha o achado com a mulher. Ao dirigir-se ao local indicado, descobre com perplexidade que a vaga disponibilizada é para o trabalho numa funerária, a Agência NK. É um trabalho profissional relacionado ao cuidado e à preparação dos corpos, antes de sua cremação. Assustado, Daigo pensa em rejeitar, mas acaba aceitando a vaga, incentivado pelo patrão do estabelecimento, um senhor mais velho, experiente, em quem transparece a tranquilidade de um mestre no ofício de ajudar as pessoas em suas partidas. O mestre e responsável pelo ofício é representado no filme pelo ator Tsutomu Yamazaki.

O mestre do ofício é uma figura muito especial e guarda um ar de sabedoria e serenidade indispensável para o ofício tradicional de *nokanshi*, aquele que prepara os mortos para o velório e a cremação. O trabalho exige uma técnica particular, um ofício cuidadoso e delicado de embelezar o morto, apaziguando a dor profunda dos familiares, que podem, na despedida, encontrar a pessoa amada num resplendor peculiar. Na cerimônia pública de despedida, o profissional revela toda a sua maestria e delicadeza no cuidado com o outro que parte. Nas cenas das cerimônias, não há quem não fique paralisado pela beleza e delicadeza das mãos do cuidador, que tratam do corpo com o dom de um artista. No tratamento que é dado ao corpo, as mãos exercem um papel maravilhoso. Tudo começa e termina com o recurso da arte das mãos.

O modo de ser e o jeito especial de seu patrão são características importantes para a escolha de Daigo de permanecer no ofício, apesar de todas as resistências que tal emprego desperta na população do povoado. O ofício do mestre em nada muda seu jeito particular de viver e seu apreço pelas comidas. Numa singular cena do filme, Daigo se surpreende ao ver seu mestre apreciar uma guloseima com extremo deleite. Ele pergunta ao mestre o que é aquilo que ele come com tamanha satisfação. Ele diz que aquilo é esperma de baiacu. O amigo estremece...

Na sala onde estão, há o retrato da mulher do mestre, falecida nove anos antes. Os dois conversam sobre o ocorrido com ela. E o mestre diz ao amigo que ela foi a sua primeira cliente no ofício de *nokanshi*, e que a partir de então dedicou-se com afinco ao trabalho. Sublinha ainda que não há como fugir do desenlace final: um dos dois sempre acaba partindo antes. É o que fatalmente ocorre. O mestre mostra a guloseima para o amigo e diz, num lampejo: "Até isto é um cadáver. Os seres vivos comem outros seres para viver, certo?" O amigo observa-o com atenção. E o mestre conclui: "Se você não quer morrer, tem que comer, e, se tem que comer, que seja algo gostoso." Aponta em seguida para uma planta que estava diante dele e sublinha que ela, sim, não precisa comer outros seres para viver.

Daigo vai se dando conta da elevação envolvida no ofício de *nokanshi*. Ao acompanhar de perto o trabalho do mestre, constata a nobreza que envolve o ofício de conferir beleza ao morto, oferecendo-lhe a mais singela e digna forma de fazer a travessia para o Além. É um trabalho nobre, que cria condições favoráveis para a mais linda cerimônia de adeus. Os *nokanshi* são verdadeiros "artesãos do *post-mortem*" e, com sua arte, ajudam a amenizar o golpe que a morte significa, e aquilo que nela há de tragédia e mistério.

Em cena das mais marcantes do filme, o mestre exerce sua função com uma senhora que acabara de falecer. Sua destreza e delicadeza no tratamento do corpo provoca encantamento e emoção profunda em todos os que assistem a cerimônia, incluindo Daigo, sempre muito atento em seu aprendizado. Ao longo da cerimônia, vemos na primeira fila o marido da mulher falecida, com seu olhar de tristeza abissal, perdido naquele rosto que vai ganhando forma e beleza. Em determinado momento, o mestre pede ao marido o batom que sua mulher mais gostava. Ele, atônito, nem consegue entender com clareza o pedido, e sua filha, que estava ao lado, prontifica-se a trazer o batom desejado. E então vemos a beleza do mestre enfeitando a mulher e fazendo-a reviver de forma renovada.

A cena é pontuada pela voz de um narrador, o qual relata o que significa fazer reviver um corpo frio e dar-lhe beleza eterna. Tudo é executado com muita técnica e experiência, com muita precisão e delicadeza, de forma a ajudar no último adeus. Estar ali presente e poder assistir ao movimento das mãos de um tal profissional é poder acompanhar o significado desse passo ao infinito, desse diverso encontro com a Alteridade. E em quase todas as cenas que envolvem o trabalho profissional, os parentes ou amigos daquele ou daquela que partiu sentem-se profundamente agradecidos pela homenagem indescritível. Em casos concretos, percebe-se claramente o alívio dos que acompanham a cerimônia, tornando o impacto menos doloroso e suscitando uma nova tessitura na comovida situação dos que ficaram.

Daigo aprende muito bem o seu ofício, talvez facilitado pela delicadeza de mãos que passaram pelo aprendizado do violoncelo. Decorrido o tempo de experiência, Daigo esmera-se em seu serviço, destilando suavidade, ternura, cortesia e compaixão no novo ofício, ao qual passa a dedicar-se com afinco. Vai percebendo com o tempo que cuidar do corpo é adquirir a possibilidade de um novo olhar sobre o mundo e sobre os outros. Vai crescendo nele, com brilho singular, a consciência de que a morte pode ser vista de outra forma, como um portal para a eternidade, e que o trajeto para a nova forma de vida pode ocorrer com singularidade lírica e poética. Cresce com ele a sensação de que a morte é algo belo e que merece uma reverência especial. De fato, a experiência de Daigo provoca nele uma autêntica metanoia.

Em razão de ser uma profissão rejeitada, por lidar com os corpos frios, ela não é aceita como um emprego digno pelos outros, que não conseguem alcançar o significado sublime do ofício. Daigo teme revelar para sua mulher o ofício assumido, já prevendo uma rejeição. De fato, com o tempo, os outros da região acabam percebendo o trabalho exercido por Daigo e junto com isso cresce também o preconceito, que envolve igualmente sua mulher. Ela pede ao marido para encontrar um trabalho mais digno e, diante da perplexidade dele, ela prefere afastar-se de casa por um tempo e vai morar com seus pais. Ele continua a exercer seu ofício.

Tempos depois, Daigo surpreende-se com a volta de sua esposa, a qual retorna para revelar ao marido que está grávida. Solicita a ele, mais uma vez, que busque um emprego diferente. O desencontro entre os dois, relacionado ao ofício exercido pelo marido, prossegue sem alteração. Algo de novo, porém, sucede, com a morte da dona de um estabelecimento de banhos na cidade, frequentado por todos. É uma mulher reconhecida e admirada por todos. Daigo procede como sujeito na cerimônia de despedida dela. É quando, então, tomada de espanto e admiração, maravilhamento e sensibilidade, sua esposa consegue, pela primeira vez, reconhecer a beleza envolvida no trabalho profissional do marido. Tudo então ganha um colorido diferente na relação entre os dois.

Certo dia, ao chegar ao seu trabalho, Daigo depara-se com uma funcionária da empresa, a qual lhe revela que seu pai tinha falecido. Ele estava numa colônia de pescadores, e alguém, remexendo os seus papeis, acabou descobrindo sobre o seu filho. A notícia não é recebida com a dor que em geral acompanha os que são tomados pela surpresa de uma perda. Há ainda muito rancor naquele menino crescido, que viu seu pai abandonar a família e partir sem jamais dar notícia. Aos poucos, em razão de um trabalho interior difícil, Daigo decide partir com a mulher para exercer seu ofício profissional na despedida de seu pai. Quando chega ao povoado, o pai já está para ser removido para a cremação. Chegam dois agentes funerários para buscar o corpo, e o filho acompanha a cena, mas se choca com o jeito naturalizado e indiferente com que os profissionais lidam com o corpo de seu pai, já querendo colocá-lo de qualquer jeito no caixão.

É quando Daigo intervém, impedindo a ação dos profissionais. Diante da surpresa deles, a esposa de Daigo entra em cena, sublinhando que seu marido também é um profissional do ofício. Na sequência, o que vemos é uma linda cerimônia privada de Daigo e sua mulher diante do corpo frio do pai. Daigo aproxima-se do rosto daquele que se tornou distante e, aos poucos, aquela imagem embaçada que pontuava sua memória do pai vai ganhando um delineamento novo e o rosto vai se formando novamente para ele. E ele diz: "Meu pai!" Com suas mãos delicadas, começa o trabalho paciente e meticuloso de cuidar do rosto de seu pai, barbeando-o com cuidado e ajeitando cada segmento de seu corpo. Quando vai lidar com o arranjo das mãos do pai, percebe que uma encontra-se fechada e, dentro dela, está a pequena pedra que tinha ganhado do filho em tempos passados. É uma cena de beleza exemplar. Por intermédio de seu exercício profissional, processa-se o reatamento de um laço que se perdera no tempo, mas que agora ganha um significado único de presença e unidade.

Em precioso artigo sobre os filmes orientais, e em particular sobre essa obra de Yojiro Takita, o pesquisador Rodrigo Petrônio desvela a presença complementar de niilismo e transcendência naquele trabalho singular.[100] Sublinha, com razão, que o interesse maior expresso na visada do diretor não é com o que ocorre com o além da vida, mas com aquele "último minuto" que marca

---

[100] Rodrigo Petrônio. Niilismo e transcendência no cinema oriental. Um Oriente a Oriente do Oriente. In: Faustino Teixeira (Org.). *Mística e Literatura*. São Paulo: Fonte Editorial, 2015, p. 214-225.

uma cerimônia de adeus. Não se lança o espectador num futuro distante e desconhecido, mas provoca-se nele a atenção singela e gratuita para a última contemplação de um rosto querido, que vai sendo embelezado para a despedida final. A cerimônia deixa escapar aquela "última fresta" de luz que transcende a miséria intramundana. Diante daquele corpo destituído de vida, o diretor consegue fazer renascer o outro pelas mãos de um cuidador delicado. Trata-se da expressão do verdadeiro "cuidado" (*sorge*), como indicado por Martin Heidegger em sua obra *Ser e tempo*. Somos, assim, levados pelo diretor a espreitar o portal fundamental que separa os dois mundos, ou seja, o contato com o nada que se revela como a porta para a transcendência.

Numa das cenas importantes do filme, em torno do funeral da dona da casa de banhos, vemos a presença do profissional que trabalha há anos naquele momento final da cremação, quando se aperta o botão verde para o acendimento do fogo abrasador, que tudo destroça. Ele era um frequentador assíduo da casa de banhos e ficara muito amigo da dona do estabelecimento. Os dois tinham passado juntos o Natal do ano anterior, e ela tinha pedido a ele, como num pressentimento de sua morte, que desse continuidade ao seu trabalho na casa de banhos, que passava por um momento de decadência. Ao final da cerimônia, quando o corpo já estava para penetrar no recinto da cremação, entra na sala o filho da mulher e pede ao responsável para assistir aquele momento derradeiro. O homem diz ao amigo que acender o fogo era a sua especialidade. O trabalho com o fogo, realizado há anos, acabou provocando nele uma reflexão decisiva, que resumiu para o amigo: "A morte não é senão uma passagem. Não é o fim. Com ela deixa-se para trás um mundo, mas certamente passa-se para um outro. Ela é o verdadeiro portal." E assinala, diante do olhar perplexo do filho de sua amiga, que o seu trabalho ali é o de ser "guardião do portal" que dá início a uma nova travessia. E tudo o que diz quando aperta o botão é: "Boa viagem, até breve!"

9

SIMPLESMENTE MARTHA, SANDRA NETTELBECK (2001)

O filme *Simplesmente Martha* (*Mostly Martha*, 2001) tem direção e roteiro de Sandra Nettelbeck. Trata-se de uma produção de 109 minutos, lançada em 2001. No elenco: Martina Gedeck (como Martha); Lina (Maxime Foerst, a sobrinha de Martha); Sergio Castellitto (Mario, chefe de cozinha auxiliar, italiano).

Filmado em Hamburgo, Alemanha, e na Itália, ganhou o Grande Prêmio do Festival Internacional de Cinema de Mulheres de Créteil. Foi indicado ao Prêmio Goya de melhor filme europeu em 2002 e também ao prêmio de melhor longa-metragem do German Film Awards.

Na exemplar produção musical, acima da média, temos Manfred Eicher, que escolheu um repertório sensacional, com destaque para as músicas de Keith Jarret, em particular *Country*.

Na tradição de *A grande noite* (*Big Night*, 1996), *A festa de Babette* (*Babettes gæstebud*, 1987) e *Como água para chocolate* (*Como agua para chocolate*, 1993), essa é uma deliciosa comédia romântica, que ganhou dez prêmios internacionais e conquistou o coração dos fãs de cinema em todo o mundo.

Martha é uma mulher solteira que vive para uma única paixão: cozinhar. Como cozinheira-chefe de um restaurante sofisticado, ela não tem tempo para nada nem para ninguém.

Certo dia, sua irmã morre em um terrível acidente automobilístico, deixando a sua sobrinha de nove anos, Lina (Maxime Foerst). Como tutora da garota, Martha precisa mudar a sua rotina, algo bastante dificultoso, haja vista a previsibilidade de seu cotidiano.

Ainda no hospital, com Lina, Martha sinaliza à menina que quando ela sair do hospital vai poder desfrutar do melhor jantar que jamais teve em sua vida. Em seguida a menina indaga: "Minha mãe morreu?" Martha confirma. Ela terá grande dificuldade para conseguir alimentar a menina deprimida com a perda.

A menina manifesta o desejo de voltar para a própria casa... Argumenta que costumava ficar sozinha, mas Martha complementa: "Mas mais cedo ou mais tarde sua mãe voltava, não é mesmo?" A menina retoma então a conversa e pede para ficar com seu pai, mas só sabe que ele está na Itália e se chama Giuseppe. Martha diz que vai buscar o pai da menina e que, até o encontro dos dois, cuidará dela com carinho.

Enquanto Martha luta para cuidar da voluntariosa menina, o restaurante contrata um charmoso e descontraído cozinheiro italiano chamado Mario. A assistente de Martha, Lea, estava grávida e ia ganhar seu bebê em breve.

A chegada do *chef* auxiliar italiano interpretado por Sergio Castellitto inicialmente incomoda, mas, como em todo bom romance, o personagem vai trazer uma pitada de alegria e emoção para a vida das duas, constantemente em conflito.

Exemplar no que faz dentro de uma cozinha, Martha não consegue trazer a eficiência para organizar a sua vida pessoal.[101] Ao passo que evolui como ser humano e começa a ceder gradativamente, sua existência passa por uma saudável reconfiguração.

Desconfiada das intenções de Mario, ela descobre pouco a pouco que ele tem uma receita especial para viver... Uma receita que vai envolver sua casa e seu coração. Chamo aqui a atenção para algo muito bonito no filme, que são os olhares de Martha para Mario, que vão ganhando um carinho especial.

---

[101] A dona do restaurante onde Martha é a chefe de cozinha principal sugere a ela fazer terapia, e ela o faz (o terapeuta é interpretado por August Zirner). Ela vai relatando a ele todas as adversidades por que passa. Fala também da dificuldade com a chegada do *chef* assistente: "Ter dois *chefs* na cozinha é como ter duas pessoas dirigindo o mesmo carro." Ao que o analista responde: "Tenho certeza que você saberá evitar o pior." As sessões de terapia de Martha, no entanto, se transformam em monólogos sobre comida, e sua abordagem para controlar o estresse geralmente envolve retirar-se brevemente para a geladeira do restaurante.

São duas "invasões territoriais" que sacolejam sua vida sem perspectivas. A sobrinha comete os erros comuns da infância: mente, falta aula, faz greve de fome para irritá-la. Na vida real, a greve de fome é uma estratégia que irrita as mães preocupadas com a saúde de seus filhos, mas, no filme, tal postura ganha maiores contornos, pois negar-se a saborear um belo prato para uma especialista em gastronomia soa como uma grande ofensa.

A outra invasão é a do coração de Martha. A dona do restaurante, ciente do desgaste mental e físico de sua melhor funcionária, contrata um ajudante para que o peso seja equilibrado, algo que inicialmente é encarado como desafio e atrito, mas depois se torna um ardente romance, como já esperávamos desde os primeiros minutos em que o personagem carismático e galanteador se faz presente.

A cena do primeiro encontro de Martha com Mario, no restaurante, é sensacional. Ela se choca com o jeito maroto do novo assistente italiano, que se maravilha com a canção *Volare* e encanta a todos que estão ali naquele espaço de tensão...

Diante da resistência de Martha em aceitá-lo, ele tem com ela uma conversa sincera dentro do frigorífico e diz que não faz nenhuma questão do emprego, que está ali pela admiração que tem por ela. Para ele era uma questão de alegria e honra trabalhar com ela.

Diz ainda que pode deixar o emprego, pois para ele é fundamental trabalhar onde é amado. Assinala que se ela quiser que ele vá embora, ele vai com tranquilidade. Com dificuldade, ela acaba aceitando sua presença ali e manifesta isso aos funcionários.

Martha olha horrorizada enquanto Mario transforma sua cozinha de precisão e logística com suas brincadeiras relaxadas e *jazz* eclético.

Incapaz de encontrar uma babá aceitável, Martha começa a levar Lina ao restaurante com ela. Lina começa a emergir de sua depressão na presença da brincadeira de Mario, e até começa a comer quando Mario a deixa sozinha com um prato de espaguete que ele preparou.

Tocada pela bondade e preocupação de Mario com a criança, Martha vai aos poucos aceitando a companhia dele. Ela até pede sua ajuda para localizar o pai de Lina na Itália e traduzir uma carta que escreveu para ele.

Quando o relacionamento tenso de Martha com Lina parece estar melhorando, ela se esquece de pegar a menina na escola enquanto ajuda Lea, sua *sub-chef* grávida, a chegar ao hospital para fazer o parto. Lina está com raiva por ter sido esquecida na escola, e o incidente parece causar um sério revés entre ela e Martha.

Para fazer as pazes, Martha se oferece para conceder qualquer desejo a Lina. Como seu desejo, Lina quer que Mario cozinhe para eles. Mario concorda e prepara um jantar estilo piquenique na sala de Martha. Apesar da bagunça deixada na cozinha, a noite de histórias e jogos aproxima os três.

O calor renovado entre Martha e Lina é imediatamente testado quando o diretor da escola diz a Martha que Lina não tem frequentado a escola regularmente e que, quando vem para a escola, ela adormece. Martha chega a pedir a ajuda ao vizinho num dos dias em que estava mais apertada. Ele também conta a Martha que, quando perguntou à garota por que estava sempre tão cansada, ela disse que era forçada a trabalhar em uma cozinha para conseguir seu quarto e sua comida.

Irritada com o comportamento de Lina, e também tendo sido advertida pelo dono do restaurante, Martha avisa a Lina que ela não pode mais ir ao restaurante. Num dos encontros de Martha com Lina, depois que Martha diz a ela que não poderá mais voltar ao restaurante, a garota sai furiosa, quase é atropelada por um carro, e depois tenta fugir para a Itália.

Em conversa entre as duas, Martha diz à menina que gostaria de ter uma receita para cuidar dela. Diz estar ciente de sua incapacidade de substituir a mãe, que não está fazendo um trabalho brilhante, mas que está fazendo o seu máximo para doar-se. Diz ainda à menina que seu pai deve chegar em breve.

É quando então Lina diz a Martha: "Estou começando a esquecê-la" (com respeito à sua mãe). Num gesto bonito, Martha chama Lina para o seu lado e dá um abraço carinhoso. Mario continua a apoiar Martha emocionalmente, e seu relacionamento se torna romântico.

Numa das mais bonitas cenas do filme, Mario visita Martha, à noite, e faz um teste com ela, de olhos vendados, sobre o sabor dos temperos. Com uma colher, vai fazendo o teste de reconhecimento dos sabores, que Martha sempre acerta. Na sequência, ele chega com a colher perto da boca de Martha, retorna com o talher, faz uma prova e depois achega-se a ela com um beijo carinhoso. E ela retribui dizendo o sabor que sentiu: anis.

O pai de Lina, em resposta à carta de Martha, finalmente chega... Durante a refeição, ele diz que gostaria de ter conhecido Lina em outra circunstância. Ao sair no caminhão de sua firma com a filha, que vai passar a morar com sua nova esposa e família na Itália, Martha o chama e lhe diz que Lina é parecida com ela... sendo difícil de conhecer... e que gosta de cozinhar.

Perturbada e em conflito com a separação, Martha rejeita o apoio amoroso de Mario e, após outro confronto com um cliente, ela pede demissão. Logo depois, Martha vai ao encontro de Mario e pede sua ajuda. Solicita que ele a acompanhe até a Itália para resgatar Lina.

Durante o trajeto há um diálogo bonito entre os dois. Ela pergunta: "Você acha que ela vai querer voltar conosco para a Alemanha?" E ele: "Por que ela preferiria ficar com a família dela na Itália quando poderia voltar para a fria e cinzenta Alemanha, vindo morar com uma maluca como você?" Ela: "Você está sendo cruel..." Ao que responde Mario: "Martha, Lina ama você. Você não sabe disso?" Quando chegam à casa de Giuseppe, Lina corre ao encontro de Martha e Mario.

Depois de se reunir com a menina, os dois se casam, e os três começam suas vidas juntos, como uma família amorosa.

Simplesmente Martha é um filme que aborda as dificuldades nos relacionamentos cotidianos, bem como os obstáculos enfrentados para manter uma carreira bem-sucedida, tendo ainda que equilibrar problemas familiares. Entre pratos sofisticados e sabores difíceis de resistir, os personagens conduzem suas vidas.

A gastronomia é o motivo para a compreensão das realizações dos personagens e quando não está esteticamente presente em cena, faz-se onipresente como pano de fundo. Martha, como *chef* austera e pouco receptiva a qualquer crítica, também engloba um feixe de representação da emancipação feminina que a transforma em uma mulher bem-sucedida, mas infeliz. Tal questão, entretanto, como um bom caldo cozido além do tempo adequado, transborda os limites da análise.

Em 2007, o filme foi refeito em versão hollywoodiana *blockbuster*, com o título *Sem reservas* (*No Reservations*), que tinha Catherine Zeta-Jones com cabelos, unhas e maquiagem impecáveis em meio à confusão da cozinha, e seu par perfeito com cabelos mais ainda, a desfilar em torno das panelas. Não chega nem perto da qualidade do filme alemão.

10

O QUARTO DO FILHO, NANNI MORETTI (2001)

O filme *O quarto do filho* (*La stanza del figlio*), de 2001, foi vencedor da Palma de Ouro do Festival de Cannes desse ano e também do Prêmio David di Donatello. Tem direção e roteiro de Nanni Moretti, que também integra o elenco, no papel do psicanalista Giovanni Sermonti.

Junto como Moretti, temos a presença de Laura Morante, no papel de Paola, mulher de Giovanni. Compondo o quadro dos integrantes, as presenças de Giuseppe Sanfelice, no papel do filho Andrea, e Jasmini Tranca, representando a filha Irene. Temos ainda a participação de Sofia Vigliar, no papel de Ariana, amiga de Andrea, com quem teve um breve encontro romântico no verão precedente.

Merecem destaque a fotografia, a cargo de Giuseppe Lance, e a linda trilha sonora de Nicola Piovani, que também foi responsável pela função em outro belo filme de Nanni Moretti, em 1993, *Caro Diário* (*Caro Diario*).

Como bibliografia para acessar o mundo cinematográfico de Nanni Moretti, aconselho as seguintes obras: Ewa Mazierska & Laura Rascaroli. *Il cinema di Nanni Moretti*. Sogni & diari (Gremese, 2006); Roberto De Gaetano. *Nanni Moretti*. Lo smarrimento del presente (Pellegrini, 2015); Paolo Di Paolo & Giorgio Biferali. *A Roma con Nanni Moretti* (Bompiani, 2016); Flavio De Bernardinis. *Nanni Moretti* (Il Castoro, 2005).

O diretor Nanni Moretti nasceu em 19 de agosto de 1953 na cidade de Brunico, que se localiza na província de Bolzano, região do Trentino Alto Ágide. Todo o período de sua formação passou em Roma, onde também cursou o Liceo Classico. Seu primeiro trabalho, em 1973, foi um filme super 8, com uma câmera que comprou com o que obteve ao vender sua coleção de selos. O título do trabalho, *La sconfita*, abordou em chave cômica a crise de um militante de 1968.

Depois vieram outros trabalhos, entre os quais destaca-se *Ecce Bombo*, lançado em Roma em 1978, que foi seu primeiro filme com produção profissional, com inesperado sucesso de público. Na sequência veio *Sogni d´oro*, seu primeiro filme rodado em 35mm, que foi agraciado com o Leão de Ouro no Festival de Veneza, mas que não teve a mesma repercussão do anterior. Outros títulos se seguiram, e destaco alguns: *La messa è finita* (1985, Urso de Prata do Festival de Berlim, em 1986); *Caro Diario* (1993, prêmio de melhor direção no Festival de Cannes, em 1994); *Aprile* (1998); *Mia madre* (2015), que também aborda o tema da morte, e *Habemus Papam* (2011).

Dos filmes citados, dois têm um traço biográfico bem definido, *Caro Diario* e *Aprile*, ambos com a presença de Nanni Moretti como ator principal. No caso do segundo, realizado em 1998, foi um filme que o diretor dedicou a seu filho Pietro, nascido em abril de 1996. Vale registrar que esse filme foi lançado num momento particularmente importante da política italiana, com a vitória da coalizão de centro-esquerda, liderada por Romano Prodi. Moretti, situado à esquerda, sempre abordou essa temática em seus filmes, acentuando seu papel crítico, sobretudo depois da vitória de Silvio Berlusconi, em 1994, que foi por três vezes primeiro-ministro da Itália, colocando no cenário político um partido direitista: Forza Italia.

A ideia da filmagem de *O quarto do filho* já era anterior, tendo sido concebida pelo diretor por ocasião da morte de seu pai, o historiador Luigi Moretti, em agosto de 1991. Nanni Moretti preferiu realizar o trabalho posteriormente, para evitar situar um filme com traço fúnebre na sequência do nascimento de seu filho, em 1996. A realização foi postergada e o filme foi lançado em 2011.

O quarto do filho apresenta um roteiro simples, em torno da história de uma família de Ancona, cidade situada numa província da Itália Central. Tudo transcorre de forma serena na família do psicanalista Giovanni, casado com

Paola, e seus dois filhos: Andrea (16 anos) e Irene (18 anos). A pacata vida do psicanalista transcorre entre a família e seu consultório, situado em sua casa. O filme registra cenas da vida familiar, uma das quais de beleza singular, em que juntos, num passeio de carro, o pai, Giovanni, se põe a cantar alegre, e aos poucos a canção é acompanhada pelos filhos e a esposa. Outras sequências mostram a regularidade da vida familiar, tecida por carinho e boa comunicação entre todos.

A história da família é abalada por um acontecimento inusitado e chocante, que é a morte de Andrea num acidente durante um mergulho submarino com um amigo. O traço perturbador do acontecimento se dá em razão de Giovanni ter cancelado um encontro com Andrea por causa da solicitação de um paciente de um atendimento de emergência no fim de semana, justamente no dia em que tinha se comprometido a fazer um programa com o filho.

Tudo ocorre numa manhã de domingo. A família é impactada pela dor do acontecimento, com consequências duras para todos, interferindo brutalmente na dinâmica das relações no núcleo familiar, até então harmonioso. Em trecho do encarte do filme, temos uma síntese do que ocorreu: "Tutto sbeccato, tutto rovinato in questa casa, tutto rotto..." (Tudo lascado, tudo arruinado nessa casa, tudo sulcado, rompido, rasgado).

Numa das cenas mais pesadas do filme, está a família junto ao caixão de Andrea, todos imersos em tristeza abissal, naquela difícil cerimônia de adeus. Em cena alongada, cada um deles, em momentos distintos, achega-se ao corpo de Andrea, para o beijo de despedida, para a palavra sussurrada diante dele, num adeus que atravessa a alma de quem está assistindo. A câmara acompanha lentamente o selamento do caixão.

O acidente interfere na relação entre Giovanni e Paola, os pais de Andrea. Giovanni é tomado por uma reação de dor inconformada. Ele sente uma culpa irreparável por ter desmarcado o encontro com o filho, que talvez tivesse salvado o menino do acidente. E igualmente um sentimento de negação do ocorrido, expresso, por exemplo, numa das cenas do filme, quando ele, em casa, tenta voltar desesperadamente, com o controle remoto, uma música que está sendo tocada em seu aparelho de som. E, nos cômodos ao lado, os olhares perplexos de sua mulher e de sua filha, incapazes de ser uma presença de apoio naquele momento de dor. Com reações de agressividade marcadas, Giovanni entra em conflito com a mulher, que reage, dizendo que ele, Giovanni, está preocupado unicamente em buscar aliviar sua dor, em vez de lidar com o acontecimento de uma outra forma.

Isso é impossível para Giovanni naquele momento. O pai vaga desvairado pelos mesmos lugares em que Andrea passava momentos de seu cotidiano, como no parque de diversões, na pista de corrida, na loja de música. Tenta escrever uma carta para a amiga de Andrea, sem sucesso. A redação é interrompida pela incapacidade de expressão.

Em conversa com seu supervisor, Giovanni é aconselhado a dar um tempo nos seus atendimentos terapêuticos. Ele o faz, mas talvez tenha voltado um pouco antes, encontrando-se ainda despreparado para o trabalho, que implica um distanciamento psicológico fundamental com respeito aos pacientes. Ele volta sem ter ainda atingido seu equilíbrio interior. Nas sessões, ele se sente distanciado, esvaziado e, em casos concretos, não consegue escamotear sua dor e seu choro, mesmo diante dos pacientes. Pensa em abandonar tudo, e o relata aos pacientes, que em alguns casos reagem negativamente, e até com violência.

Sua mulher, Paola, vive a dor de forma diversa, num choro surdo e dolorido na cama do casal, incapaz de qualquer reação de avivamento. Passa também a cultuar o quarto do filho, mantendo tudo intacto, e cada coisa em seu lugar, como se fosse um espaço "sagrado" a ser preservado a todo custo: as roupas do filho, seus objetos, seus móveis e suas músicas. Ali naquele espaço ela talvez pudesse desvelar aspectos desconhecidos da vida do filho querido. É como se pudesse resguardar sua presença simbólica ali. É o caminho encontrado por ela para "negar" a perda indescritível.

Ao ver a cena, lembrei-me de uma passagem de um livro de Cissa Guimarães[102], no qual ela entrevista Gilberto Gil, que perdeu um filho num acidente de carro. Gil comenta:

> O Pedrão se foi em 1990. Os anos passam e basicamente o que fica depois de tanto tempo é o afeto e o amor que tínhamos um pelo outro. Eu, como pai, e ele, como filho, no mais é a memória. É um recanto da memória que você escolhe como

---

[102] Cissa Guimarães & Patrícia Guimarães. *Viver com fé*. Histórias de quem acredita. Rio de Janeiro: Casa da Palavra, 2012.

altar e ali a deposita. Outras memórias você nem deposita num canto especial, mas, no caso de um filho que se foi, essa memória fica tipo nicho. Essa memória são as lembranças, as fotografias etc.[103]

Veio-me também à memória a comovente canção de Chico Buarque, *Pedaço de mim*, na linda interpretação de Chico com Zizi Possi. Na letra, as palavras fortes:

> Ó pedaço de mim
> Ó metade afastada de mim
> Leva o teu olhar
> Que a saudade é o pior tormento
> É pior do que o esquecimento
> É pior do que se entrevar (...).

> Ó pedaço de mim
> Ó metade arrancada de mim
> Leva o vulto teu
> Que a saudade é o revés de um parto
> A saudade é arrumar o quarto
> Do filho que já morreu[104]

Retomando o filme, outra expressão de dor vem nas reações da filha, Irene, que reage ao acontecimento com nuanças particulares. A jovem de apenas dezoito anos acaba exercendo um papel difícil para a sua tenra idade, de buscar acolher, com seus parcos recursos, a dor dos pais, destruídos pela perda. Em aparência, ela consegue manifestar a calma possível para ser uma presença de amor naquele momento, mas é algo delicado para ela, e sua dor interior manifesta-se em situações como a do rompimento com o namorado e nos gestos de raiva e violência manifestados nos treinamentos de basquete. Não há como ocultar a dor que corrói seu mundo interior.

Por insistência dos amigos de Andrea, a família — sem traços de religiosidade — acolhe o pedido em favor de uma missa de sétimo dia. Durante a cele-

---

[103] Ibidem, p. 255.

[104] https://www.youtube.com/watch?v=nRNmIumFui8 (acesso em 23/06/2022)

bração, vemos cenas de desgosto visíveis na face do pai, no descontentamento manifesto em troca de olhares com a mulher na igreja. As palavras do padre na cerimônia não agradam a ele. Em seus comentários, o padre fala:

> Não somos nós que estabelecemos os encontros da vida. Mas é natural que aqueles que permanecem, sobretudo os pais, a família... eles perguntam por quê? A resposta é uma só: Deus marcou aquele encontro. Mesmo não tendo revelado a nós o porquê. Não podemos senão enfrentar com fé, com grande fé, aquilo que nos parece incompreensível. No evangelho está escrito: "Vigiai, portanto, porque não sabeis em que dia vem o Senhor. Compreendei isto: se o dono da casa soubesse em que vigília viria o ladrão, vigiaria e não permitiria que a sua casa fosse arrombada" (Mt 24,42-43).

O diretor consegue, com delicadeza e eficiência, transmitir com fidelidade para o espectador o que é a dor de uma perda tão importante: a morte de um jovem antes do tempo, que rompe com a barreira da natureza, onde em geral é o velho que morre primeiro. Nas lentes de Moretti, o espectador acompanha os pequenos detalhes psicológicos nas feições dos personagens, explorando com perspicácia os distúrbios que acompanham a tristeza nesse rompimento do ciclo da vida.

Recorrendo a Freud, em seu clássico artigo sobre o luto e a melancolia, de 1917,[105] encontramos pistas importantes para entender o processo de luto que envolveu a dinâmica da família Sermonti. Para Freud, o luto é "a perda de algo amado". Não implica uma "condição patológica", desde que consiga ser superado após certo período de tempo. Dentre seus traços encontramos um "desânimo profundo e penoso" e uma "inibição" das atividades. Quando ele ocorre se dá também uma "perda de interesse pelo mundo externo a não ser que se trate de circunstâncias ligadas ao objeto perdido". A superação do luto é realizada "pouco a pouco, e com grande gasto de energia". A sina da realidade revela que "o objeto amado não existe mais".[106]

Faz-se necessário todo um trabalho gradual, paciente, que prossegue "exigindo que toda a libido seja retirada de seus apegos a esse objeto". O tra-

---

[105] Sigmund Freud. *Luto e Melancolia*. Leebooks Editora, 2020.
[106] Ibidem, p. 9-10.

balho de luto envolve, assim, "o processo psíquico de desinvestimento libidinal no objeto perdido e a reinserção do sujeito no circuito desejante da vida".[107] Pode-se também recorrer aos trabalhos da estudiosa Elizabeth Kubler-Ross (1926-2004), que fala nos cinco estágios que envolvem a elaboração do luto: a negação; a raiva; a negociação/barganha; a depressão; a aceitação.

Ainda em torno do trabalho do luto, veio-me à mente uma cena muito bonita do filme *Drive My Car* (*Doraibu mai kā*, 2021), de Ryusuke Hamaguchi. Já perto do final, um dos personagens que segue viagem junto com sua motorista, e a viagem comum os aproxima, dirige-se à companheira, numa paisagem envolvida pela neve, e diz: "Aqueles que sobrevivem continuam pensando nos mortos. De uma forma ou de outra. Isso vai continuar. Você e eu temos que continuar vivendo... Temos que continuar vivendo. Tudo vai ficar bem."[108]

A dor da família, no filme, é amenizada por uma circunstância imprevista, quando a mãe, Paola, ao chegar em casa, observa que, entre a correspondência na caixa de entrada de seu prédio, há uma carta dirigida a Andrea. Era a carta de uma amiga do filho, que com ele vivera um breve romance no verão anterior. A garota se chama Ariana. Sua entrada em cena provoca uma mexida na família. Os pais de Andrea buscam fazer contato telefônico com ela e, em certo momento, ao conseguir falar com a moça, a mãe não dá conta de manter a conversação, tocada de emoção. Giovanni, por sua vez, tenta escrever uma carta para Ariana, e não consegue realizar o intento.

Certo dia, inesperadamente, a garota toca a campainha da casa e é recebida por Giovanni, que se encontra sozinho no apartamento. Os dois conversam brevemente, até a chegada de Paola. A emoção do encontro deles com Ariana é grande. Ela estava de passagem pela cidade, junto com um amigo. Os dois viajavam de carona e ela resolveu se encontrar com a família de Andrea. No breve e intenso encontro, eles conversam sobre o ocorrido. Em momento singular do filme, Ariana mostra os retratos que tinha recebido de Andrea, com cenas de sua presença no quarto em Ancona.

---

[107] Andrea Sabbadini. Algumas reflexões sobre o filme de Nanni Moretti. *Jornal de Psicologia*, v. 52, n. 96, São Paulo, Jan./Jun. 2019. Cf. a versão digital Pepsic: http://pepsic.bvsalud.org/scielo.php?script=sci_arttext&pid=S0103-58352019000100025 (acesso em 23/06/2022)

[108] *Drive My Car* (2021), dirigido por Ryusuke Hamaguchi. Baseado no romance de Haruki Murakami.

Os pais resolvem levar de carro os dois amigos para a estação de ônibus, que fica nas proximidades de Gênova. Dali seguiriam viagem. No carro estão os pais na frente e, no banco traseiro, Irene e os dois amigos. Os que estão atrás acabam adormecendo e, quando o carro chega a seu destino, Giovanni e Paola admiram a paisagem daquele início de manhã, junto ao mar.

Eles se despedem de Ariana, que do ônibus observa o movimento de Giovanni, Paola e Irene. Vê quando eles caminham calmamente na areia da praia, cada um para um lado, imersos em seus sentimentos e pensamentos, buscando talvez elaborar as formas singulares de trabalhar a dor vivenciada. É uma cena magistral, bonita, serena e luminosa, que desvela para os espectadores um momento importante de início da superação do trabalho de luto.

A presença de Ariana na vida da família serviu de ponto de arranque para a integração da dor num quadro de referência plausível, ajudando no trabalho essencial de lidar com o vazio da perda de Andrea. Ela emergia como o sinal da bruma de Andrea materializada no tempo. Sua presença serviu de ponte para uma travessia dos que ficaram rumo ao sentido obnubilado. O próprio nome Ariana nos remete ao personagem mitológico Ariadne, que "ofereceu a Teseu um fio, no labirinto escuro do Minotauro, em direção à luz."[109]

Com sua singela arte, Nanni Moretti consegue proporcionar aos espectadores um momento de travessia, quando saem da escuridão para captar silenciosamente a dinâmica de reconciliação com a vida. É um filme difícil, que toca com traços realistas o drama da barreira da morte, mas ao mesmo tempo deixa uma mensagem de esperança, que convoca todos ao exercício cotidiano de dedicar-se com afinco aos laços de amizade, nunca esquecendo da importância de repetir diuturnamente as palavras de amor. Não há porque desviar o olhar para promessas desencarnadas, mas viver com atenção e carinho os singelos momentos do aqui e do agora.

---

[109] Andrea Sabbadini. Algumas reflexões...

11

ALÉM DA LINHA VERMELHA, TERRENCE MALICK (1998)

O filme *Além da Linha Vermelha*[110] (*Thin Red Line*), de Terrence Malick, foi lançado em 1998, com a duração de 170 minutos, com um elenco de astros de primeira linha, entre os quais: George Clooney, Sean Penn, Nick Nolte e Woody Harrelson. Recebeu sete indicações ao Oscar no mesmo ano: melhor fotografia, melhor roteiro adaptado, melhor som, melhor montagem, melhor trilha sonora.

O diretor já foi destacado, com o filme *A árvore da vida* (*The Tree of Life*, 2011), num debate que envolveu a participação de Mauro Lopes, Rodrigo Petrônio e eu, em 24 de março de 2021.[111] Na ocasião, tínhamos também sublinhado o belo comentário feito por Luiz Felipe Pondé sobre o filme no Jornal *A Folha de São Paulo* (15/08/2011). A árvore da vida foi o vencedor da Palma de Ouro em Cannes, em 2011.

Em seu artigo, Pondé menciona o traço peculiar do trabalho de Malick, que é bem diverso do "glamour da indústria do cinema e das festas da mídia". É um cinema que traz à baila a espiritualidade no seu sentido mais nobre, com a indagação pontual sobre o sentido da vida: se ela "é fruto de uma força cega ou fruto de uma intenção bela, confrontada cotidianamente com o sofrimento inquestionável" que ela traduz para nós.[112]

---

[110] https://www.youtube.com/watch?v=I9Azox_RXok (acesso em 15/07/2023)

[111] https://www.youtube.com/watch?v=b-lT8Go-kOE (acesso em 15/07/2023)

[112] https://www1.folha.uol.com.br/fsp/ilustrad/fq1508201120.htm (acesso em 15/07/2023)

FILMES EM PERSPECTIVA

Pondé fala igualmente do filme de 1998, objeto desta reflexão, trazendo agora um debate existencial, tendo como pano de fundo a guerra. Ele nos diz no artigo que Malick "faz da voz em *off* de seus personagens um apelo desesperado da espécie humana em busca do sentido de nossa aventura na Terra. Em Malick, cada agonia do indivíduo (cada "voz") é arquetípica do humano."[113]

O foco da atenção de Malick em *Além da linha vermelha* não é a guerra em si, mas o drama de seus personagens. Com seu olhar cuidadoso, o diretor busca captar os conflitos que estão presentes no campo de batalha, as "várias vozes" que se alinham para traçar o mapa da tensão existencial que está presente nas altercações que desenham os caminhos dos seres humanos.

Temos no filme vários personagens, desde a frieza, arrogância e vontade de poder do coronel Gordon (Nick Nolte),[114] do mediador e humanista capitão Bosch (George Clooney), do niilista sargento Welsh (Sean Penn), dos idílios amorosos do soldado Bell (Ben Chaplin)[115] e dos sonhos poéticos do soldado Witt (Jim Caviezel).

Há em Malick um protesto lírico contra as guerras, que recorre à palavra e ao drama cinematográfico para desnudar a natureza em estado bruto, a qual sobrevive com indiferença "aos homens que se autodestroem", como lembrou o crítico Wallace Andrioli, em artigo de 2019.[116]

Ainda em sua reflexão, Andrioli destaca o contraponto feito pelo diretor entre a "aparente trivialidade da missão empreendida pelos personagens (tomar uma colina dominada pelos japoneses durante a batalha de Guadalcanal, no Pacífico) e a efemeridade de suas lutas e existência à acachapante impressão de permanência que caracteriza a ilha em que transcorre a ação".[117]

Em momentos violentos do filme, em que o cenário é a brutalidade em estado puro, Malick vai revelando para nós os passos da impermanência, da "gratuidade" do mal em sua mais nua natureza. É um filme que traz também o tema da incomunicabilidade.

---

[113] Ibidem.

[114] Alguém que se envergonha do filho que preferiu trabalhar com vendas a pegar em armas e seguir seu exemplo.

[115] Ele encontra na correspondência com a esposa "o abrigo para um lugar tão hostil", onde vê seu mundo desmoronar.

116 https://www.planoaberto.com.br/critica-alem-da-linha-vermelha-1998/ (acesso em 15/07/2023)

[117] Ibidem.

O diretor traduz com clareza sua ojeriza a qualquer ato de guerrear em si, em qualquer tempo ou lugar. O filme não deixa de ser um grito ofegante contra a brutalidade e contra o circuito de violência que circunda – e mesmo habita – o ser humano, e que às vezes desperta, provocando ressonâncias por todo lado. Em dado momento do filme, um personagem diz que a guerra não enobrece ninguém, mas apenas "envenena a alma".

Em outra resenha, o crítico Ruy Gardinier reconhece que, no mundo dos personagens do filme, "não há verdades absolutas", e o diretor lança seu foco nos jogos micro da guerra, trazendo para o nosso olhar o mundo interior de cada personagem.[118] É um filme que se concentra nos "personagens de carne e osso". Numa cena das mais bonitas, quando dois soldados americanos que desertam da guerra estão entre os nativos de um paraíso melanésio, um deles, Witt, relata a morte da mãe:

> Lembro-me de minha mãe no leito de morte, toda encolhida e acinzentada. Eu lhe perguntei se ela tinha medo, mas apenas acenou com a cabeça. Tive medo de tocar a morte que vi estampada nela. Não consegui achar nada de bonito e glorioso sobre seu encontro com Deus. Ouvi falar em imortalidade, mas eu mesmo nunca a vi. Me pergunto como seria quando eu morresse. Como seria ter a consciência de seu último suspiro. Espero apenas poder enfrentar a hora da mesma maneira que ela, com a mesma calma. Porque é aí onde se esconde a imortalidade que eu não encontrei.

Há uma mensagem que acompanha essa cena inicial do filme. A presença de uma "falta", de uma carência do ser humano: "do homem para o mundo falta coisa demais". O homem, diz Ruy Gardinier, e alguém cindido, tem sempre algo que pensa por ele, seja Deus, o inconsciente ou o Estado: "Esse algo, entretanto, está sempre fora do filme."[119]

O olhar perdido, tão comum na filmagem, está presente no soldado, amigo de Witt, que no momento final, ao embarcar talvez para outra missão, se percebe, como tantos outros, sozinho. A solidão é também uma marca desse filme simultaneamente sublime e nebuloso. Emerge também, mais de uma vez,

---

[118] http://www.contracampo.com.br/01-10/alemdalinhavermelha.html (acesso em 15/07/2023)
[119] Ibidem.

a dúvida da imortalidade, tão bem expressa pelo sargento Welsh, nos debates com Witt, o mesmo amigo que ele ajuda a enterrar, em momento dramático do filme. O sargento não acredita em vida após a morte. Ao ser perguntado em certo momento sobre a solidão, ele indica que ela se faz presente "quando tem um monte de gente ao seu lado".

Os dois "desertores" encontram-se ali entre os nativos, acolhidos com hospitalidade e carinho. Eles brincam com as crianças, num mar maravilhoso, de águas transparentes. Na aldeia reinam momentos de alegria, apesar dos rumores da guerra. Quase ao final do filme, quando o soldado Witt retorna ao paraíso melanésio, a acolhida já não é a mesma. Ele está fardado, munido de seu fuzil, com jeito de combatente. Agora é um estranho e vê aquele povo sofrido destruído. Os nativos não conseguem mais corresponder à sua presença com alegria, mas sim com desconfiança e medo. A aldeia não é a mesma. As crianças têm doenças de pele e os velhos brigam entre si. Numa das choupanas, crânios dos nativos são guardados como "relíquias" de guerra. São cenas dolorosas, marcadas por olhares perdidos e distantes, revelando a face sombria do homem-humano.

Uma das características do diretor do filme, que também ocorre em outros trabalhos seus, é o cuidado com a fotografia, as cenas deslumbrantes da natureza e a peculiaridade de dirigir a câmara para fora da ação, focalizando elementos da flora e da fauna, como um papagaio, um galho de árvore. Em plano singelo e magnífico ao final do filme, somos convidados a observar em meio à agua rasa, a presença frágil, mas vigorosa, de uma planta que se revela viva. Ela não é nem bonita nem feia, mas comove e atrai o olhar do espectador, pois indica a presença de ressurgência da vida em situação de ruína. Ela busca sobreviver, apesar de tudo.

Destaco ainda, como traço essencial do filme, a esplêndida trilha sonora de Hans Zimmer, reconhecido autor de trilhas fantásticas, como as dos filmes *O rei leão* (*The Lion King*, de 1994), *Gladiador* (*Gladiator*, 2000), *O último samurai* (*The Last Samurai*, 2002), *A origem* (*Inception*, 2010), e tantos outros. A trilha dá uma "paisagem" particular ao filme, fornecendo o clima básico para se adentrar na trama de forma envolvente e espetacular. Destaco particularmente três peças: as canções *The Lagoon*, *Journey to the Line* e *God Yu Tekem Laef Blong Mi*. Nessa última peça, bem curta, "Toma minha vida Senhor", somos envolvidos por um coral maravilhoso, que reflete todo o astral da região da Melanésia onde as filmagens aconteceram. A trilha sonora, de quase uma hora, ganhou produção própria pela RCA, em 1999.

O filme teve uma acolhida positiva por onde passou e revela-se uma obra-prima cinematográfica, com uma abordagem original e única sobre os impactos existenciais da guerra. É obra imprescindível, que não pode faltar no repertório dos mais aficionados aos grandes filmes da história.

12

A LIBERDADE É AZUL, KRZYSZTOF KIESLOWSKI (1993)

O diretor polonês Krzysztof Kieslowski (1941-1996) aparece aqui com um dos filmes de sua trilogia das cores, *A liberdade é azul* (*Trois Couleurs: Bleu*), de 1993, uma produção francesa, polaca e suíça. O título original é mais fiel ao objetivo do diretor de não perder o vínculo entre os três episódios.

No original se diz simplesmente: *Trois Couleurs: Bleu*. Os outros episódios mantêm o título comum à trilogia e a indicação de cada cor: *Trois Couleurs: Blanc* e *Trois Couleurs: Rouge*. Com isso o diretor quer indicar que os temas presentes em cada um dos filmes retornam nos outros, ainda que cada um dos títulos enfatize mais a temática implicada: em *Bleu*, a Liberdade, em *Blanc*, a Igualdade, e em *Rouge*, a Fraternidade, que são três motes iluministas da Revolução Francesa.

Na verdade, o que o diretor pretende em sua trilha das cores é levantar questões fundamentais quanto à possibilidade de esses três valores essenciais acontecerem de fato na história. Como mostrou com pertinência Andréa França em seu livro sobre a trilogia, a série "coloca em questão estes valores universais e sugere que pensar essas noções hoje, é, na verdade, um falso problema. A ideia de Homem há muito se deteriorou."[120] Não que o diretor invalide ou desqualifique esses ideais firmados como sonhos do Ocidente. São, de fato,

---

[120] Andréa França. *Cinema em azul, branco e vermelho*. A trilogia de Kieslowski. Rio de Janeiro: Sete Letras, 1996, p. 16.

valores universais. O que faz é buscar desconstruí-los e subvertê-los "de maneira a explorar as múltiplas maneiras de colocá-los em situação".[121]

A trilogia é lançada num momento particular da Europa, depois da queda do Muro de Berlim e do fim do socialismo. Como mostrou o historiador britânico Eric Hobsbawm,

> Com o colapso da URSS, a experiência do "socialismo realmente existente" chegou ao fim, e mesmo onde os regimes socialistas sobreviveram e tiveram êxito, como na China, abandonaram a ideia original de uma economia única, centralmente controlada e estatalmente planejada, baseada num Estado completamente coletivizado – ou uma economia de propriedade coletiva praticamente operando sem mercado.[122]

Junto com essa grandiosa crise, o diretor polonês traz à baila outras questões ligadas às contradições da Europa nesse tempo, incluindo a questão das migrações, do terrorismo, da desigualdade e da miséria. Com um interesse particular na Polônia, inclui também o problema do duro golpe militar, da instalação do estado de sítio e da presença obscura da igreja católica. Encontramos, portanto, um diretor bem desiludido e realista. Daí abordar na trilogia algo que tem a ver com o futuro da Europa num tempo de crise, e, portanto, com a questão da União Europeia.

Não sem razão, o filme *Bleu* está todo envolvido nesse clima de busca de reconstrução da Europa, e a trilha que anima o filme trata justamente desse ideário: o "Concerto para a inauguração da Europa". O processo de elaboração desse concerto foi justamente para comemorar o bicentenário da Revolução Francesa.

A trilogia das cores recebeu vários prêmios e indicações, atraindo novamente os olhares do público mais amplo para o cinema europeu. A obra recebeu os prêmios de melhor filme, direção, fotografia e atriz no Festival de Veneza, em 1993, bem como Prêmio Cesar de 1994, na França, nas categorias de melhor atriz (Juliette Binoche), melhor edição e melhor som. E também, entre outros, o Prêmio Goya da Espanha, em 1994, e o Globo de Ouro, no mesmo ano, como melhor filme europeu.

---

[121] Ibidem, p. 17.

[122] Eric Hobsbawn. *Era dos extremos*. O breve século XX (1914-1991). São Paulo: Companhia das Letras, 1995, p. 481.

Na ficha técnica, temos Krzysztof Kieslowski na direção do filme, presente também no roteiro, junto com Edward Zebrowski. A produção é de Marin Karmitz, a trilha sonora, de Zbigniew Preisner (com a participação da Sinfônica de Varsóvia), e a fotografia, de Slawomir Idziak. No elenco Juliette Binoche (Julie), Benoît Régent (Olivier), Florence Pernel (Sandrine), Charlotte Véry (Lucille) e outros.

O diretor Kieslowski vinha de uma experiência bem-sucedida na realização dos episódios de *Decálogo* (*Dekalog*), que foram inicialmente produzidos para a televisão polonesa em 1988. Trata-se de um conjunto de episódios inspirados nos dez mandamentos e ambientados num condomínio de Varsóvia, na Polônia. Os temas abordados são dramas familiares e conflitos morais. Os episódios foram depois expandidos para o cinema (1989), com 574 minutos de duração. Ele foi o vencedor do Prêmio da Crítica Internacional no Festival de Cinema de Veneza.

Decálogo é uma obra irrepreensível e simplesmente monumental, o trabalho grandioso de Kieslowski. Ele dizia sobre suas reflexões: "Desde os meus primeiros filmes, sempre tenho contado a história do homem que pode achar difícil se orientar neste mundo, não sabe como viver."

Retomando o filme *Bleu*, pode-se assinalar que a sinopse guarda um arranjo peculiar, com traços que são comoventes. O filme aborda uma questão relacionada com a morte e o subsequente trabalho interior que envolve o luto. Já no início somos tomados pelo choque de um acidente que tira a vida de dois membros de uma família. Morrem o marido, Patrice (Benoît Régent), e a única filha, de cinco anos. Sobrevive a mulher, Julie, com uma imensa dor para administrar.

O acidente já vem, de certa forma, previsto no início, quando a câmara enquadra um carro correndo em velocidade acentuada, e o foco está voltado para as rodas do veículo e o barulho do motor. Faz parte da técnica utilizada pelo diretor: "para chegar ao naufrágio ou a qualquer acontecimento nos seus filmes, cria anteriormente uma ambientação, um ´pretexto` que é sempre uma cotidianidade (e não uma exceção) para que o olhar capte de antemão o que está por vir."[123]

---

[123] Andréa França. *Cinema em azul, branco e vermelho*, p. 79.

Tudo se dá num enquadramento fechado, com as lentes voltadas para a parte inferior do carro. O carro passa rápido diante de um rapaz, na beira da estrada, que joga bilboquê. O rapaz volta seu olhar para a estrada e vê o veículo passar em velocidade. Há uma breve parada do veículo e a garota sai do carro e volta em seguida. O motorista aproveita o intervalo para espreguiçar.

Numa cena bonita, vemos a imagem de um papel de pirulito azul que se agita na janela do carro pela ação do vento. Durante a parada, a câmara focaliza o tambor do freio e mostra que há vazamento de líquido. Pouco depois, coincidindo com o acerto do jogo em que estava empenhado, o rapaz ouve o barulho de um acidente e percebe o estrago feito no carro, que bateu frontalmente numa árvore. Ele corre na direção do veículo para verificar o que ocorreu. Numa cena comovente, os espectadores observam uma bola que se solta do carro com o baque e atravessa a estrada, lentamente, como se estivesse se despedindo.

Em momento seguinte, na cama do hospital, Julie acompanha com o olhar a entrada de um médico no quarto e fica então sabendo que seus dois queridos morreram no acidente. Em técnica admirável, a imagem do médico se vê refletida no olhar de Julie:

> É através do plano de detalhe do olho de Julie que se vê o reflexo de um homem de branco se aproximando. Sim, é o médico. Sim, seu marido está morto. Sua garotinha também, sim... (é pelo olho de Julie que nos damos conta da tragédia que ocorreu). Não há mais nada para perder, pois ela já perdeu tudo. Ah, resta a vida... esta que insiste em estar, em se mostrar no plano da brisa que roça delicadamente em uma pluma.[124]

Nas cenas seguintes, Julie está tomada pela dor e desespero. Provoca a quebra de uma vidraça para desviar a atenção da enfermeira responsável pela farmácia, então adentra no depósito de medicamentos e pega um vidro com comprimidos. Busca o suicídio, tentando engolir os comprimidos, mas sem sucesso. Não consegue dar fim a sua vida, e partilha isso com a profissional, reconhecendo sua dificuldade. E a moça, num olhar de perplexidade, busca acalmá-la.

---

[124] Ibidem, p. 43.

É da cama do hospital que Julie acompanha pela televisão a cena do enterro de seu marido e sua filha. Ele era um reconhecido compositor e estava no momento trabalhando numa composição para coro e orquestra, visando a celebração do bicentenário da revolução francesa e a unificação europeia. Ela, Julie, está imóvel diante da televisão emprestada pelo assistente de seu ex-marido, Olivier (Benoît Régent). Tudo se passa na filmagem de forma milimétrica, com o foco no rosto quase impassível de Julie, que assiste à cena do enterro como que paralisada, com exceção de pequenas contrações da boca e tremor do queixo. Tudo é lentamente acompanhado pela câmara, todas as minúsculas vibrações. Como num "mapeamento, uma geografia do corpo onde qualquer deslize, qualquer imperfeição é capturada sem clemência. Mostrar o avesso, o que está sob e na pele, o que não tem representação."[125]

Ao sair do hospital, a primeira providência tomada por Julie é desfazer-se de tudo aquilo que pode despertar nela a memória de seus queridos. Ela coloca sua casa à venda e muda-se para um apartamento modesto, sem comunicar a ninguém sua localização.

Decide vender todos os bens da família, romper com todos os vínculos, como se isso fosse possível. Ela, porém, tenta. O que visa é apagar seu passado, desligar-se de si mesma, refugiando-se em seu "mínimo eu", buscando garantir-se num refúgio que preserve o seu núcleo pessoal. Ela se recusa a usar preto, a acender velas ou chorar pelas perdas. Busca com seus parcos recursos emocionais manter as aparências, evitando os artifícios que possam acentuar a dor.

Ao longo do filme surge a questão decisiva: qual é o preço da liberdade? Ela declara em certo momento: "Não quero bens, presentes, amigos, amor, vínculos. Tudo isso são armadilhas." Na verdade, porém, sua angústia e solidão não arrefecem com tais artimanhas e tornam-se cada vez mais insuportáveis.

Por mais que ela busque o contrário, os vínculos estão presentes e ocorrem às vezes por coincidências, como no caso da corrente com o crucifixo que o rapaz que presenciou o acidente conseguiu recolher no carro e busca devolver a ela; na dependência que se cria com outro em razão do atordoamento provocado pela ninhada de ratos em seu novo apartamento; na amizade que se forma com

---

[125] Ibidem, p. 45.

a vizinha prostituta, Lucille (Charlotte Véry); nas notas do concerto inacabado e na melodia do flautista que a faz lembrar da composição de seu falecido marido. Sua mãe mesmo (Emanuelle Riva), que morava num asilo, tinha feito uma advertência a ela sobre a impossibilidade de se viver sem vínculos.

Não há dúvida de que a música exerce no filme o elo que mantém Julie conectada com a realidade que busca a todo custo dissipar. Por mais que tente livrar-se dela, a música permanece presente como um apelo de seu mundo interior, e emerge como clarão durante momentos recorrentes do filme, como naqueles em que ela está na piscina. Imersa ali, sobretudo à noite, naquela imensidão de azul, a música penetra como um "tormento" que não deixa arrefecer a memória.

Como apontou Andréa em seu livro, Julie queria a todo custo livrar-se dessa lembrança, mas a música "vive nela e apesar dela".[126] Ela quis, e como quis, se livrar dessa memória dolorosa. A música "é o acontecimento, é ela que ecoa para além da história, para além da trilogia" feita pelo diretor.[127] Julie chega a jogar a partitura da composição que o marido estava concluindo no caminhão de lixo e acompanha a trituração das páginas. Por sorte, temendo que isso pudesse ocorrer, a copista tinha providenciado uma reprodução que depois envia por correio para Olivier, o qual dá sequência ao trabalho.

O segredo do tom azulado que recobre todo o filme é um dos recursos maravilhosos da fotografia de Idziak. As cenas que revelam o brilho do móbile azul, filtrado pelo sol, no rosto de Julie, são igualmente de uma beleza ímpar. Ele recorreu a filtros para deixar as cenas sempre com esse tom azul.

O azul é uma cor essencial no filme, e nos remete à melancolia, mas igualmente ao desejo voraz de comunicação e iluminação. Outra riqueza presente no seu trabalho, com o recurso da iluminação, é a arte de focalizar a personagem central, evidenciando com grande felicidade suas perplexidades e dores, e tudo muito de perto. Sob seu foco, Julie ganha um potencial único, e feições de uma maravilha que encanta.

Como um detalhe que corrobora a riqueza do filme, temos a grande interação ocorrida entre o diretor Kieslowski e a atriz Juliette Binoche. A atriz

---

[126] Ibidem, p. 33.
[127] Ibidem, p. 94.

sempre foi objeto de grande admiração do diretor, e os dois mantiveram um contato sempre marcado por muito respeito e liberdade, numa relação direta pontuada pela clareza e transparência.

Em vídeo extra que acompanha o DVD sobre a trilogia, divulgado no Brasil, o trato respeitoso entre os dois veio expresso com muita sinceridade por Juliette Binoche. A atriz já tinha sido convidada antes para atuar num filme de Kieslowski, *A dupla vida dupla de Véronique* (*La Double Vie de Véronique*, 1991), mas não pôde assumir por já estar empenhada em outro projeto. Desta vez, porém, surgiu a possibilidade, e ela preferiu aderir ao convite em vez de aceitar atuar em *Jurassic Park* (*Jurassic Park - O parque dos dinossauros*, 1993), de Spielberg.

Com base na relação de confiança entre o diretor e a atriz, ela sentiu-se à vontade para atuar num filme que é difícil, complexo e doloroso. Mais complicado ainda pelo fato de Julie não poder expressar o sentimento de dor pela perda de seus dois mais queridos. O roteiro indicava que a atriz deveria começar a driblar a dor a partir do zero, sem demonstrar sentimentos. E isso foi quase impossível.

Temos, como exemplo desse "desapego", a cena em que Julie cede a sua casa para a amante de seu falecido marido, Sandrine (Florence Pernel), sem demonstrar alegria. É uma dinâmica de dom desprovida de gentileza explícita. Era o que o diretor propunha, com resistência da atriz. Ela acaba cedendo, e a cena transcorre num clima de distanciamento, com apenas um pequeno esboço de sorriso.

É de beleza única o momento em que Julie toca com delicadeza a corrente e o crucifixo, que adornam o visual de Sandrine, bem semelhante ao achado no carro. Era a viva expressão do vínculo dela com o seu companheiro que tinha morrido.

E Binoche adere ao papel com toda a seriedade possível, indo até além do previsto, como numa cena em que a personagem Julie está levando o móbile azul numa caixa para seu apartamento novo e, no percurso, raspa vigorosamente a outra mão numa parede de pedra, e as feridas nascidas foram verdadeiras, demorando mais de um ano para que as marcas deixadas desaparecessem.

Ainda sobre o processo de filmagem, vale lembrar que a exigência do diretor sobre os atores foi bem pesada. Houve momentos em que as filmagens levaram 24 horas seguidas, e os envolvidos tinham que retornar ao local de hospedagem com viagens que poderiam provocar acidentes, em razão do cansaço. Teve que ocorrer uma intervenção do responsável pela montagem, Jacques Vitta, junto ao diretor, para abrandar o ritmo dos trabalhos.

Uma característica que se observa no filme *Bleu* são os longos planos sem cortes, e um intenso uso das cores. O diálogo é reduzido ao que é essencial, dando sempre espaço para a linguagem não verbal e momentos preciosos de silêncio.

Como disse um resenhista, "as dúvidas e questionamentos da personagem tornam-se, também, do espectador", pois são questões, crenças e sensações de traço universal. Tudo isso favorece a peculiaridade do diretor, com filmes que são de sensibilidade única, exigindo também dos que assistem uma participação e presença como hermeneutas, uma vez que o filme preserva hiatos e lacunas para justamente favorecer esse trabalho pessoal do espectador.

O processo de aproximação progressiva de Julie com Olivier, o assistente de seu falecido marido, é outro elemento importante no filme. Os dois vivem, ainda no início da película, uma experiência amorosa num colchão descoberto, que permanece naquela casa toda vazia. É como um gesto de despedida. Os dois tiveram um caso no passado.

Em outra cena, os dois se encontram num bar, depois que ele descobre onde ela está morando, e encetam uma conversa regada pelo som de uma flauta tocada por um rapaz que está na rua, e a música repercute nela como uma nítida lembrança da composição de seu falecido marido. Ela chega mesmo a interrogar o rapaz para saber das razões daquela melodia que produzia. No bar, Julie dá a entender a Olivier que não há possibilidade de um novo romance.

Numa cena das mais bonitas do filme, Julie, que está sentada no bar, pede um café e, em imagem que envolve o olhar de quem assiste, ela mergulha o torrão de açúcar na xícara, e ele vai sendo tomado pelo líquido, e então ela o joga na xícara. Uma cena que foi milimetricamente pensada pelo diretor, com duração de exatos quatro segundos e meio.

Ao contrário das expectativas, Julie e Olivier vão aos poucos se aproximando, por ação de um acaso. Em cena em que Julie assiste pela televisão, numa boate, a declaração de Olivier, afirmando que vai dar continuidade à obra, ela é tomada por um impacto e vai ao seu encontro, e depois fica sabendo como a partitura foi preservada apesar do seu gesto de destruição. Ela toma a decisão de retomar com ele o trabalho de conclusão da obra inacabada, e a aproximação é possibilitada.

O trabalho conjunto vai aos poucos despertando nela os diversos tons do amor. É o toque de redenção, sugerido pelo diretor, que vai sendo operado no mundo interior de Julie, com a ajuda de Olivier, com a sugestão de que os dois vão dar sequência à vida juntos. Aquela busca constante da liberdade, que ocupa o mundo interior de Julie, encontrará guarida quando resolve, finalmente, seguir em frente com tenacidade e coragem.

É tamanha a beleza da obra, com todos os seus detalhes, que o diretor consegue prender o público até os créditos finais, numa incrível relação de simbiose que se alcança com as filmagens, num filme que celebra a "história de um retorno à vida".[128] Trata-se de uma direção excepcional, e de um filme que fica registrado na memória de todos que o assistem. É um trabalho primoroso do cinema europeu e universal.

---

[128] Ibidem, p. 34.

13

ASAS *DO DESEJO*, WIM WENDERS (1987)

Asas do desejo é um dos mais esplêndidos filmes a que assisti na vida. Realizado em 1987, dois anos antes da queda do Muro de Berlim, foi dirigido brilhantemente por Wim Wenders, que também filmou o precioso *Paris, Texas* (1984). No original, chama-se *Der Himmel über Berlin* (em tradução para o português: "O céu sobre Berlim") e foi filmado na Alemanha Ocidental.

O filme foi premiado pela direção no Festival de Cannes de 1987, e igualmente na Academia de Cinema da Alemanha, pela direção e fotografia. Na fotografia, temos a presença de Henri Alekan (1909-2001), que colecionou também muitas premiações ao longo de sua carreira. O roteiro é do escritor austríaco Peter Handke (1942-) e a trilha sonora de Jürgen Knieper (1941-), que mesclou com maestria o clássico e o popular.

O filme aborda o tema dos anjos, e há uma nítida influência, na dinâmica reflexiva do filme, de autores como Walter Benjamin e Rainer Maria Rilke. A opção pelos anjos nasceu com Wenders em razão de sua reflexão sobre a presença deles na cidade de Berlim, por toda parte, em monumentos, fontes e estátuas. Há também o influxo do clássico anjo de Paul Klee, que foi adquirido por Walter Benjamin, o qual recorreu à imagem para suas teses sobre a filosofia da história.

Os anjos do filme, Damiel e Cassiel, são interpretados respectivamente pelos atores Bruno Ganz (1941-2019) e Otto Sander (1941-2013). Eles são dois anjos que sobrevoam a Berlim do pós-guerra, ou, ainda melhor, da Guerra Fria, acompanhando de perto o sentimento de tristeza, solidão e desamparo das pessoas naquele momento sombrio da história. Os anjos escutam os pensamentos, sentimentos e reflexões dos habitantes da cidade, sobretudo aqueles que expressam as "situações-limite", buscando marcar presença e dar um pouco de consolo a eles. Muitas são as cenas em que isso ocorre, como no metrô ou nas ruas da cidade.

Infelizmente, não conseguem o intento desejado, pois são imateriais. Não estão instrumentados para a acolhida necessária. São impotentes, como "anjos caídos", e em casos específicos não conseguem evitar a dor, como no caso do suicídio de um jovem. Como mostrou Marcelo Vinícius em reflexão a respeito, os anjos "possuem uma permanência tediosa sobre a face da Terra, um mundo em preto e branco, um eterno flutuar por sobre coisas e homens, uma desencarnação assexuada, uma ahistoricidade", condenados a testemunhar fragilizados a encarnação alheia.[129]

É sobretudo um filme que poderíamos chamar de "contemplativo", pois aborda a passagem do tempo, a fragilidade do humano, o processo de desvelamento da consciência e a descoberta da identidade. Há nos anjos o claro desejo de auxiliar as pessoas, como na cena da presença deles na Biblioteca Pública de Berlim. Invisíveis, os anjos são vistos apenas por outros anjos e pelas crianças, que ocupam também um lugar importante no filme. Elas, com sua inocência, são capazes de observar os anjos nos seus movimentos, pois transitam nos dois mundos.

Os dois anjos do filme, Damiel e Kassiel, estão

> suspensos pela falta de experiência sensível, histórica, que os detém. Vagam, conversam entre si, lembram-se de tempos imemoriais, são contemplativos. Os anjos se recordam de tudo e isso só é possível porque não têm corpo, portanto não há dores, não há traumas que pudessem disparar o trabalho

---

[129] Marcelo Vinícius. O filme "Asas do Desejo" e a contradição de ser anjo: http://lounge.obviousmag.org/marcelo_vinicius/2013/03/o-filme-asas-do-desejo-e-a-contradicao-de-ser-anjo.html (acesso em 23/06/2021)

do esquecimento. Suas memórias (ou o que seriam memórias se fossem eles corpos) não são fragmentadas ou incertas. Não se fatigam, não sabem como é a cor ou o perfume das coisas. Não sofrem, tampouco são infelizes (...). Os anjos não desejam, propriamente, embora pelo menos um deles quisesse desejar. Estão, no entanto, limitados pela própria interdição.[130]

Um momento singular do filme se passa num carro novo conversível, onde Damiel e Cassiel conversam sobre a vida. Em certo momento, Damiel afirma ao anjo-amigo que está cansado da sua vida eternamente espiritual. Ele diz:

> É ótimo ser espírito e testemunhar por toda a eternidade apenas o lado espiritual das pessoas. Mas, às vezes, me canso dessa existência espiritual. Não quero pairar para sempre. Quero sentir um certo peso... que ponha fim à falta de limite e me prenda ao chão. Eu gostaria de poder dizer ´agora` a cada passo, cada rajada de vento. ´Agora`e ´agora` e não mais ´para sempre` e ´eternamente`.
>
> Sentar-me numa mesa de jogos sem dinheiro, ser cumprimentado... Toda vez que participamos foi apenas fingimento. Lutamos com alguém e fingimos deslocar o quadril. Fingimos pegar um peixe. Fingimos sentar nas mesas, beber e comer. Fingimos ter cordeiros assados e vinhos... servidos nas tendas do deserto.
>
> Não, não preciso ter um filho ou plantar uma árvore... mas seria bom voltar para casa após um longo dia... Ter febre, dedos pretos por causa do jornal. Não vibrar apenas pelo espírito, mas por uma refeição... pelos contornos de uma nuca, de uma orelha. Mentir... deslavadamente. Sentir os ossos movendo enquanto se caminha. Supor em vez de saber sempre. Poder dizer "ah", "oh", "ei", em vez de "sim" e "amém".[131]

---

[130] Alexandre Fernandez Vaz. Elogio do anacronismo: afetos, memórias, experiências, em Asas do Desejo, de Wim Wenders: https://revistas.ufpr.br/educar/article/view/62755 (acesso em 23/06/2021)

[131] Passagem retirada do filme *Asas do Desejo*.

Damiel é um anjo curioso, que se entretém de forma singela com todas as coisas ao redor, e de uma forma especial com as crianças em seus jogos de inocência, flanando sobre as ruas de Berlim. Numa de suas andanças, depara-se com um circo decadente, que vai fazer sua última apresentação numa noite. Ali ele encontra uma trapezista, Marion, interpretada pela atriz Solveig Dommartin (1961-2007), e com ela se encanta. Ele observa maravilhado os gestos da trapezista no alto do picadeiro, com suas asas de anjo. Ele segue seus movimentos, extasiado. Na sua bela crônica sobre o filme, Atilio Avancini relata que ao final, Marion

> desce do trapézio e "cai na real" da crise como desafio pessoal. Senta-se sob o capô de um automóvel preto dos anos de 1930 e não se reconhece mais como artista. Está só e triste. Espera ouvir palavras estimuladoras para o "voo seguro" da derradeira noite (a mão do anjo Damiel toca seus ombros, ao som de acordes musicais. Ela então coloca as suas asas de anjo nas costas de um acordeonista do circo...). Marion continua reflexiva e adentra seu trailer só (...). A trapezista, enquanto se veste, sente uma crescente onda de amor. Damiel responde (invisivelmente para Marion) por gestos faciais e expressões corporais (...). O anjo sofre de amor no céu sobre Berlim, fascinado pelo desejo, mas sem poder tocar o corpo da trapezista.[132]

Algo novo ocorre quando Damiel resolve "despencar" do céu e cair na terra, agora como humano. É quando o filme, em preto e branco, ganha cor e uma dinâmica nova. Damiel começa a experimentar a aventura humana, com suas mazelas e alegrias. Alegra-se com a visão do sangue em sua cabeça, após a queda de uma armadura de ferro. O sangue provoca nele experiência viva de estar no mundo de cores. Sente frio e troca numa casa de antiguidades a armadura de ferro por um casaco multicolorido. Prova a alegria de um café quente, apertando o copo entre as mãos para experimentar o calor, novidade para ele. Fricciona as mãos com vontade e decide mergulhar de cabeça no mundo dos humanos.

---

[132] Atilio Avancini. Asas da história, anjos do desejo: https://www.revistas.usp.br/significacao/article/view/71147 (acesso em 23/06/2021)

Vai ao encontro da trapezista, e os dois vivem momentos mágicos de maravilhamento, numa noite reveladora. Ela diz a ele depois, entre outras coisas:

A coisa precisa ficar séria. Estive muito sozinha, mas nunca vivi sozinha. Quando eu estava com alguém, me sentia feliz... mas, ao mesmo tempo, tudo parecia coincidência (...). Estive apaixonada por um homem. Eu poderia igualmente tê-lo abandonado e partido com um estranho que cruzou conosco na rua. Olhe para mim ou não. Me dê sua mão ou não. Não, não me dê sua mão, desvie o olhar. Hoje é noite de lua nova... noite muito tranquila... sem derramamento de sangue pela cidade. Nunca brinquei com ninguém, apesar disso, nunca abri os olhos e disse "Agora é sério". Finalmente é sério. Assim, fiquei mais velha. Era eu a única que não era séria? Nunca fui solitária, nem quando estive sozinha nem acompanhada. Mas eu tinha gostado de ser solitária, solidão significa o seguinte: finalmente estou inteira. Agora posso afirmar isso, pois hoje me sinto solitária. As coincidências precisam ter um fim. Lua nova das decisões. Não sei se existe destino, mas existe decisão! Decida! Nós agora somos o tempo. Não apenas a cidade, mas o mundo todo... tem parte na nossa decisão. Agora nós dois somos mais do que dois (...). Agora é a sua vez. O jogo está em suas mãos. Agora ou nunca. Você precisa de mim. Não existe história maior que a nossa... a de um homem e uma mulher. Será uma história de gigantes, invisível, contagiosa... uma história de novos ancestrais. Veja os meus olhos... eles são o retrato da necessidade... do futuro de todos que estão na praça. Ontem à noite, sonhei com um estranho... com o meu homem. Apenas com ele eu poderia ser solitária... me abrir para ele, totalmente. Recebê-lo em mim como um ser inteiro. Envolvê-lo num labirinto de felicidade partilhada. Eu sei que ele é você.[133]

Deslumbrado, Damiel responde:

Algo aconteceu. Ainda está acontecendo. Me prende. Foi verdade à noite e é verdade agora, neste momento. Quem foi quem? Estive dentro dela e ela, envolta em mim. Quem nesse

---

[133] Passagem retirada do filme *Asas do Desejo*.

FILMES EM PERSPECTIVA

> mundo pode dizer que já esteve unido a outro ser? Eu estou unido. Nenhuma criança mortal foi concebida... mas sim um quadro imortal compartilhado. Aprende sobre estupefação esta noite. Ela me levou para casa, e encontrei o meu lar. Aconteceu uma vez, portanto vai acontecer. A imagem que criamos me acompanhará quando morrer. Terei vivido em seu interior somente a estupefação com nós dois... a estupefação com o homem e a mulher me tornou humano. Eu... agora... sei... o que... nenhum anjo sabe.[134]

Damiel vive com Marion uma experiência amorosa de integração, como num "labirinto de felicidade partilhada". Agora o anjo sabe das alegrias que o tempo faculta, da dimensão humana que anjo algum pode saber e experimentar.

Estamos diante de um grandioso filme e de um espetacular diretor, que como poucos é capaz de mergulhar com profundidade e sensibilidade na "paisagem interior das pessoas". É um "cinema da imagem – e da palavra – que faz refletir e regenerar o humano".

---

[134] Passagem retirada do filme *Asas do Desejo*.

14

A INSUSTENTÁVEL LEVEZA DO SER, PHILIP KAUFMAN (1988)

O filme de Philip Kaufman, *A insustentável leveza do ser* (*The Unbearable Lightness of Being*), é baseado no livro de mesmo nome, do grande escritor Milan Kundera. O filme é de 1988, e o romance, de 1984.[135] Tinha visto o filme e lido o livro há muito tempo, e essa retomada foi esplendorosa para mim. Fiquei comovido como se estivesse fazendo pela primeira vez essa linda experiência estética. Vale a pena.

Há tanta coisa bonita no filme, e já começo falando da precisa direção de Kaufman, que também fez o roteiro, junto com Jean-Claude Carrière, conhecido por suas preciosas colaborações com o diretor Luis Buñuel, em particular o maravilhoso *O discreto charme da burguesia* (*Le charme discret de la bourgeoisie*, ou, em espanhol, *El discreto encanto de la burguesia*, 1972). Na direção de fotografia, o grande parceiro de Ingmar Bergman, Sven Nykvist. No elenco, só figuras de peso, como Juliette Binoche, Daniel Day-Lewis (ganhador do Oscar por sua brilhante interpretação de Lincoln, em 2012, além de dois outros), e Lena Olin, outra querida de Bergman, que trabalhou no maravilhoso *Fanny e Alexander* (*Fanny och Alexander*, 1982).

---

[135] Milan Kundera. *A insustentável leveza do ser*. São Paulo: Companhia de Bolso, 2008. As citações serão tomadas dessa obra, bem como do roteiro do filme.

Os protagonistas são Tomas (interpretado por Daniel Day-Lewis), Tereza (interpretada por Juliette Binoche, então com 24 anos) e Sabina (interpretada por Lena Olin). Há também o professor suíço Franz (interpretado por Derek de Lint). Não posso também deixar de mencionar a bela trilha sonora do filme.

Não vou me deter apenas no filme, mas também no livro, pois traz passagens maravilhosas, que eu não poderia deixar de mencionar nesta minha reflexão.

O filme nos remete a um dos clássicos triângulos amorosos do cinema mundial. Uma história que nos encanta com mudanças diversificadas, passagens de extraordinária criatividade e maravilhamento.

Tudo começa em Praga, onde vivem os personagens principais, Tomas e Sabina. Ali perto, a cerca de duzentos quilômetros, mora Tereza. Tomas é um reconhecido médico-cirurgião. Sabina é uma pintora, e Tereza trabalha num bar em sua cidadezinha.

Por uma coincidência da vida, Tomas entra em contato com Tereza, por ocasião de sua presença num *spa*, aonde vai para operar um paciente. Ela está lá. Dali nasce um amor bonito que percorre todo o filme. São essas situações de coincidência de que nos lembra Kundera em seu livro:

> Nossa vida cotidiana é bombardeada por acasos, mais exatamente por encontros fortuitos entre as pessoas e os acontecimentos, o que chamamos coincidências. Existe coincidência quando dois acontecimentos inesperados se dão ao mesmo tempo, quando eles se encontram.[136]

Assim ocorre no encontro de Tomas com Tereza e, naquele exato momento, soa uma música de Beethoven, o que faz aguçar ainda mais o senso de beleza, que jamais abandona a memória afetiva desses dois personagens. Em seu clássico livro, *O sagrado e o profano: A essência das religiões*, Mircea Eliade descreve o significado profundo de um lugar e de um tempo que passam a ganhar um peso diferente por ali ter ocorrido algo que transformou a pessoa.

O encontro de Tomas com Tereza é assim retumbante: nasce um amor bonito, mas marcado por passos delicados e difíceis, como a aura do ciúme de Tereza. Tomas é alguém livre e leve. É apaixonado pelas mulheres e tem uma

---

[136] Milan Kundera. *A insustentável leveza do ser*, p. 53.

vida bem erotizada. Não pode prescindir das amantes para a sua realização pessoal. Uma delas, a amante mais permanente, é Sabina, uma pintora singular, cuja vida também é marcada pela leveza. Sabina entra no circuito de Tomas, aceitando sem questionamentos as regras que ele tinha colocado para si na vida amorosa. Ele, por exemplo, tem o hábito de nunca dormir com suas amantes. E igualmente a prática de espaçar os encontros de forma a não deixar a relação ser tomada por uma rotina empobrecedora.[137]

Porém, a entrada de Tereza em sua vida produz uma mudança. Ela é a primeira amante que dorme em sua cama, e que acorda a seu lado com as mãos dadas. Ela sente alegria em acordar com Tomas, segurando forte suas mãos. Ele acaba se adaptando a tal situação. Ela, entretanto, sofre com a vida mulherenga de Tomas, e é tomada pelo ciúme.[138] O ciúme a entristece e consome. Sente-se ameaçada por todas as mulheres. Por sua vez, Tomas não consegue libertar-se desse costume, mesmo depois, quando se casa com Tereza. Não tem como libertar-se de seu apetite pelas outras mulheres, entre as quais se destaca Sabina. Tem igualmente amantes mais provisórias. Para ele, há uma clara distinção entre o amor e o ato erótico. São coisas bem distintas. Nada de mais para ele manter seus encontros furtivos e festivos com as mulheres e preservar o amor particular com Tereza.

Quando Tomas se casa com Tereza, ele a presenteia com uma cachorra encantadora, Karenin. O nome advém do fato de que, por ocasião do primeiro encontro entre os dois, Tereza estava carregando um livro de Tolstoi. A cachorra vai ser uma personagem singular no livro e no filme, uma companheira fiel, sempre ao lado de Tereza, com um amor marcado pelo dom e gratuidade. As cenas do filme em que Karenin aparece, como no caso das brincadeiras do casal com ela, são mesmo muito especiais.

Tereza e Sabina expressam dois polos distintos na vida de Tomas, dois polos inconciliáveis mas belos, como diz Kundera. O amor para Tomas não pode significar aprisionamento, mas tem que ter o toque da leveza. Ele rechaça qualquer possibilidade de propriedade amorosa. Para ele, uma relação saudável tem que ser regada pela liberdade e na qual os parceiros estão libertos de direitos exclusivos um para o outro. Mas Tereza resiste a isso.

---

[137] Ibidem. p. 18-19.

[138] Ibidem, p. 19 e 23.

Com a ocupação da Tchecoslováquia pelos russos, em 1968, abala-se a chamada "Primavera de Praga", quando havia um clima de maior liberdade no país, mesmo que marcado pelo comunismo. As restrições aos cidadãos eram amenizadas com a visão mais liberal de Alexander Dubcek. Tereza, já num emprego de fotógrafa, é tomada pela paixão de fotografar aquela violenta invasão russa. Consegue o trabalho com a ajuda de Sabina, por intermédio de Tomas.

De forma impetuosa e emotiva, arrisca sua vida fotografando as cenas mais duras da invasão e toda a violência que a acompanha. Tomas está com ela, ativo, nas manifestações de protesto. Escreve, inclusive, um texto bem irônico sobre os russos, fazendo uma comparação com a história de Édipo. Chega a indicar a importância de se furarem os olhos dos russos, incapazes, segundo ele, de ver com clareza a situação do socialismo real.

Aquela inebriante "festa de ódio" provocada pelos russos desencanta, definitivamente, os três personagens do filme. Não há como perceber qualquer traço de beleza naquele horror que se instala em Praga. Encontram como saída a fuga para a Suíça. Tomas e Tereza vão para Zurique e Sabina para Genebra.

Sabina tinha conseguido bons recursos com suas pinturas e pode recomeçar a vida na Suíça com mais tranquilidade. Ela tinha frequentado a Escola de Belas Artes em Praga, mas não se identificava com o realismo socialista. Dizia que, naquilo que consideravam arte, Picasso não conseguiria lugar. Suas memórias de infância, com respeito ao socialismo, não são tampouco felizes. Rejeita com vigor o sentido de ordem, de disciplina e controle impostos pelo comunismo. Não consegue encontrar lugar nas arrumadinhas festas do Primeiro de Maio. Naqueles desfiles, marcados pela linha reta, ela se embaraça sempre. Não consegue manter a cadência comunista: ela vem sempre atrás, desprevenida, sendo atropelada pelas outras garotas. Tem horror aos desfiles e também detesta aqueles hinos sem graça, assim como as palavras de ordem e a estética sem estilo de suas colegas de turma.

Ela, Sabina, vai para a Suíça levando essa herança crítica. Em dado momento do filme, numa reunião de compatriotas, ela se rebela contra um manifestante, e o provoca dizendo ser muito fácil protestar de longe. Ela então o convoca para ir ao encontro do confronto: "Pois bem, voltem e lutem!"[139]. Ela

---

[139] Ibidem, p. 95.

sai aborrecida da reunião, e atrás dela vem o professor Franz. Ele é alguém desiludido com a harmonia e passividade reinantes na Suíça. Em seu coração pulsa a vontade de movimento, talvez de fuga daquela realidade monótona em que vive, também em seu casamento. Sua intenção é romper aquela sua vida irreal ao lado dos livros: "Queria sair de sua vida como se sai de casa para ir à rua", escreve Kundera. A presença de Sabina é para ele a possibilidade de romper com esse apego que o aborrece. Quer se desvencilhar de tudo isso.

Há uma cena do filme em que Sabina e Franz estão num tradicional restaurante em Genebra quando pedem ao *maître* para desligar aquela música ambiente, que é na verdade um "barulho" insuportável para os dois. Ele se recusa a atender ao pedido, argumentando que a música é do agrado dos clientes. Para Sabina, aquilo remete ao "barulho" do universo musical comunista. Estão ali os dois jantando antes de irem para o quarto fazer amor. Não há como poder conversar com tranquilidade naquele ambiente artificial e fútil. Sabina reage, revelando sua dificuldade em comer com alegria ouvindo porcaria. Todo o ambiente a incomoda, como as flores de plástico que adornam as mesas, e flores que estão inseridas em vasos com água. Fala com vigor para Franz do profundo enfeiamento do mundo.

Também no amor, Sabina busca respirar um ar de leveza, que a faz aproximar-se de Tomas. Considera-se uma mulher livre e autônoma. Sua relação com Franz não poderia durar muito. Ele tem por hábito só fazer amor com ela durante suas viagens, evitando transar na cidade onde está casado. Isso também acaba incomodando Sabina. No início, ela se compraz com uma "infidelidade inocente", mas depois muda de opinião. Está cansada de ver sua relação com ele limitar-se a momentos vividos no exterior. E, além disso, ele não gosta de seu chapéu-coco, que é uma herança de seu pai; um chapéu que, para Tomas, ao contrário, revelava toda a sensualidade de Sabrina e era um convite certo para uma aproximação mais íntima dos dois. Quando Franz decide abandonar a mulher para ficar com Sabina, ela, espantada, decide abandoná-lo, já prevendo um futuro estranho, de aprisionamento.[140]

Assim como Sabina, Tereza e Tomas buscam encaixar-se na complexa vida na Suíça. Ele consegue emprego num hospital, e ela tenta encontrar alguma

---

[140] Ibidem, p. 118.

ocupação naquela cidade estranha. Já no ato de chegada à cidade, deparam-se com um ambiente que revela o entrincheiramento dos suíços em sua arrogância peculiar, como quando o velho carro de Tomas e Teresa depara-se com um luxuoso carro, que fica alinhado com o seu no momento em que o sinal fecha. Podem então sentir o que é a diferença de classe.

Na Suíça, Tereza tenta retomar sua atuação como fotógrafa. Leva consigo algumas fotos que tinha tirado em Praga durante a ocupação russa. Mostra as fotos para o redator-chefe de uma revista da cidade, de grande tiragem, mas ele não dá maior importância ao que lhe é apresentado. Diz a ela que o momento tinha passado, e as fotos chegaram atrasadas. Ela reage com indignação, em seu alemão precário. Sublinha que nada tinha acabado em Praga. Os estudantes estão em greve, os conselhos operários estão se firmando nas fábricas, e o país ainda fervilha. Nada disso, porém, sensibiliza o agente, que, por intermédio de uma jornalista que trabalha ali, mais interessada na praia de nudistas na França, aconselha Sabina a fotografar cactos e rosas, ou então *nudes*.[141]

Ao examinar as fotos de Tereza, a jornalista reconhece que ela, Tereza, tem "um senso fantástico do corpo feminino", e ali poderia estar um canal para a sua afirmação como fotógrafa, quem sabe em trabalhos envolvendo moda. A jornalista se oferece para apresentá-la ao jornalista responsável pela seção de flores e jardins. Mas não é isso que Tereza quer. Sente-se bem desconfortável ali. Em vez do trabalho oferecido, prefere ficar em casa, sob os cuidados de Tomas. Isso para o escândalo da jornalista, que não consegue entender como uma pessoa possa querer "abrir mão da fotografia depois de ter feito coisas tão bonitas". O que Teresa sente é um grande desânimo, diante da ideia de ter que recomeçar do zero, lutar de novo por um emprego, depois de tudo o que fez em Praga.

Além das questões econômicas, Tereza também sofre com as traições de Tomas, que continuam ocorrendo na Suíça. Com medo da solidão, ainda mais num país estranho, ela acaba decidindo abandoná-lo, e deixa uma carta onde escreve:

> Tomas, eu sei que deveria ajudá-lo, mas não posso. Ao invés de ser o seu apoio, sou o seu peso. A vida é muito pesada para

---

[141] Ibidem, p. 69-71.

mim... e é tão leve para você. Não consigo suportar essa leveza, essa liberdade. Não sou forte o suficiente. Em Praga, eu precisava de você apenas para o amor. Na Suíça... eu dependia de você para tudo. O que aconteceria se você me abandonasse? Estou fraca. Estou voltando ao país dos fracos. Adeus.[142]

A frágil e arriscada dependência de Tomas numa cidade estrangeira provocam em Tereza um temor justificado. Teme por um abandono futuro. Ela diz que ali depende dele para tudo: "O que seria dela ali se ele a abandonasse? Devia passar toda a vida com medo de perdê-lo?" Por isso decide, apesar dos riscos, voltar para Praga sozinha, acompanhada apenas pela cachorra Karenin. Ela diz na carta que está "voltando ao país dos fracos". Como mostrou Kundera,

> aquela fraqueza, que então lhe parecia insuportável, repulsiva, e que a fizera deixar seu país, de repente a atraía. Compreendia que fazia parte dos fracos, do partido dos fracos, do país dos fracos e que devia ser fiel a eles, justamente porque eram fracos e procuravam recobrar o fôlego no meio de frases.[143]

Tomas fica desolado ao ler a mensagem de Tereza. Depois de cinco dias, ele abandona o seu trabalho e vai em busca dela, também com todos os riscos envolvidos nessa sua posição. Tanto ela, Tereza, como ele, têm os seus passaportes retidos ao chegarem em Praga.

Ele é acolhido com muito carinho pela cachorra Karenin, quando entra no apartamento de Tereza, e isso facilita o reencontro dos dois. Ela conseguiu emprego de garçonete, e é objeto de ataques gratuitos dos que frequentam o bar onde conseguiu trabalho.

Por motivos de ordem política, Tomas acaba sendo despedido dos empregos em Praga, isso em razão de um artigo que escrevera tempos atrás criticando os russos. Eles querem que ele se retrate para manter seu emprego. Ele prefere, porém, preservar sua dignidade e evitar um tal constrangimento. Ele se espanta com o fato de a covardia firmar-se como única regra de conduta e condição para manter-se empregado em Praga. Tem então que se virar com outras ocupações, como o contrato numa empresa dedicada à limpeza das vidraças na cidade,

---

[142] Texto do roteiro do filme.

[143] Ibidem.

passando por situações delicadas com as madames que contratam os seus serviços. O certo é que a vida fica bem apertada para o casal.

O ardor sexual de Tomas não foi abandonado em Praga, e Tereza logo percebe isso. Ela tem verdadeiro horror de sentir o cheiro do sexo de mulheres em seu cabelo. Para ela é algo insuportável e pesado conviver com a naturalidade com que Tomas conduz sua infidelidade. Não deixa escapar o seu desgosto, apesar de se sentir quase obrigada a não ter ciúme. Ela desabafa: "Não quero mais ser ciumenta, mas não consigo evitar, não tenho forças para isso"[144]. Em certa ocasião, ela reage com firmeza:

> Você me explicou milhares de vezes, milhares de vezes. Há o amor e há o sexo. Sexo é entretenimento, como futebol. Eu sei que é leve. Gostaria de acreditar em você. Mas como alguém pode fazer amor sem estar apaixonado? Eu simplesmente não sei. Deixe-me tentar. Você me rejeitaria se eu tentasse? Eu gostaria de ser como você. Insensível. Forte, forte...[145]

E Tereza de fato tenta uma experiência nova nesse campo. Acaba deixando-se envolver por um agente de polícia que se apresenta para ela como engenheiro. Ela cai na armadilha. Acaba cedendo a sua "generosidade" e vai a seu encontro num apartamento muito esquisito, que não combina em nada com um lugar de habitação de um engenheiro. No filme ela vive a experiência com resistência. No livro, a dinâmica do encontro reveste-se de uma fisionomia diferente. Como sublinha Kundera:

> Ele desabotoou um botão de sua blusa, esperando que ela mesma desabotoasse os outros. Ela não correspondeu à sua expectativa. Tinha expulso seu corpo para longe de si, mas não queria ter nenhuma responsabilidade por ele. Não se despia, mas não se defendia também. Sua alma queria mostrar assim que, apesar de desaprovar o que estava para acontecer, prefere permanecer neutra. Ficou quase inerte enquanto ele a despia. Quando a beijou, seus lábios não responderam. Depois, ela percebeu subitamente que seu sexo estava úmido e ficou

---

[144] Ibidem, p. 145.
[145] Texto do roteiro do filme.

consternada. A excitação que sentia era ainda maior porque estava excitada a contragosto.[146]

Depois que tudo ocorre, é tomada por grande perplexidade. O que quer é "esvaziar as entranhas". Tudo assim tão estranho, quando se deixa tomar pelo desejo "de ser corpo, nada mais que corpo". Tereza é assomada por uma "tristeza e uma solidão infinitas". É uma tentativa, tão frágil, de querer se colocar no lugar de Tomas e viver algo semelhante ao que é seu cotidiano.

Ela, na verdade, não consegue encarnar essa "leveza" ou rebeldia face aos padrões tradicionais. Exerce um papel bem preciso "num roteiro previamente ensaiado", orquestrado pelas forças de espionagem presentes em Praga durante a ocupação. O quarto onde os dois transam é, em verdade, um "apartamento confiscado a um intelectual pobre"[147]. Kundera se interroga: "O episódio do engenheiro teria lhe ensinado que as aventuras amorosas não têm nada a ver com o amor? Que são leves e imponderáveis? Estaria mais calma?" Não é o que ocorre, mas foi uma experiência que ela se permitiu.

Tereza chega também a viver com Sabina uma experiência alternativa, quando as duas se deixam fotografar em sua nudez. É uma aventura divertida, possibilitada e regada por bebida, e na qual o chapéu-coco é parte central no cenário. Tinha razão aquela fotógrafa da Suíça... Tereza curte a experiência de fotografar Sabina nua e também deixar-se fotografar por ela. As duas mulheres são transfiguradas por uma frase mágica: "Tire a roupa!" A experiência também serve para Tereza conhecer um pouco mais o mundo de Sabina, que tanto contagia Tomas.

Com o tempo passado em Praga, os desgostos que vão se acumulando, Tomas e Tereza decidem voltar para o campo.[148] A opção é vista como uma fuga necessária, uma saída importante para os dois. Vendem todos os seus bens e vão para o campo, trabalhar numa cooperativa agrícola, onde trabalha um antigo cliente de Tomas, o qual cria um porco muito especial, de nome Mefisto, e tem mulher e quatro filhos que o ajudam no trabalho. Karenin e Mefisto logo fazem amizade.

---

[146] Milan Kundera. *A insustentável leveza do ser*, p. 152-153.

[147] Ibidem, p. 161.

[148] Ibidem, p. 229.

Como mostrou Kundera, "viver no interior era a única possibilidade de evasão que lhes restava, pois no interior sempre faltavam braços, mas não faltavam casas."[149] Tereza encontra ali uma felicidade única, e ali se dá a possibilidade da distância fundamental com respeito às "mulheres desconhecidas que deixavam cheiro de sexo nos cabelos de Tomas".

Ali no campo, Tomas e Tereza podem encontrar espaço para uma vida serena, a dois, na presença maravilhosa de Karenin e de toda a natureza envolvente. É o "mundo harmonioso" que até então faltou. E a beleza nisso tudo é que os dois fazem a opção espontaneamente, e com alegria. O amor de Tereza por Karenin é encantador. Nele ela encontra a verdadeira gratuidade.

Tereza e Tomas, que tinham habitado um mundo onde o que valia era a regra de Descartes, do homem como "mestre e dominador da natureza", descobrem agora um horizonte bem mais bonito, singelo e simples, sem a dinâmica da exclusão. E Kundera reflete sobre isso:

> No começo do Gênese, está escrito que Deus criou o homem para que ele reine sobre os pássaros, os peixes e os animais. É claro, o Gênese foi escrito por um homem e não por um cavalo. Nada nos garante que Deus quisesse realmente que o homem tenha inventado Deus para santificar o poder que usurpou sobre a vaca e o cavalo.[150]

Tudo favorece a criação de um roteiro que parece mais natural, no qual o ser humano deixa de gozar a condição de estar no topo da hierarquia. Numa das mais lindas cenas do livro, Tereza está acariciando a cabeça de Karenin, que descansa em paz em seu joelho. E ela, pensando na "falência da humanidade". E aí faz uma reflexão:

> A verdadeira bondade do homem só pode manifestar com toda a pureza e com toda a liberdade em relação àqueles que não representam nenhuma força. O verdadeiro teste moral da humanidade (o mais radical, situado num nível tão profundo que escapa a nosso olhar) são as relações com aqueles que estão à nossa mercê: os animais. E foi aí que se produziu a

---

[149] Ibidem, p. 275.
[150] Ibidem, p. 279-280.

falência fundamental do homem, tão fundamental que dela decorrem todas as outras.[151]

É quando então uma novilha aproxima-se de Tereza e olha demoradamente para ela, com seus belos olhos castanhos, como se estivesse querendo dizer algo. Tereza ali no campo tem como trabalho cuidar do rebanho de novilhas, enquanto Tomas está responsável pela direção do caminhão da cooperativa: leva os agricultores ao campo ou transporta o material necessário para o trabalho.

É nesse contexto que Kundera insere uma reflexão de Tomas sobre Nietzsche, de beleza única, quando o pensador está saindo de um hotel de Turim, e se depara com uma chocante cena de um cavalo sendo chicoteado por um cocheiro. Ele então se aproxima do animal e o acaricia com ternura, derramando-se em lágrimas. Como mostra Kundera, na voz de Tomas:

> Isso aconteceu em 1889 e Nietzsche já estava, também ele, distanciado dos homens. Em outras palavras: foi precisamente nesse momento que se declarou sua doença mental. Mas para mim, é justamente isso que confere ao gesto seu sentido profundo. Nietzsche veio pedir ao cavalo perdão por Descartes (...). É esse Nietzsche que amo, da mesma maneira que amo Tereza, acariciando em seus joelhos a cabeça de um cachorro mortalmente doente.[152]

Tomas e Tereza descobrem que Karenin está com câncer e seus dias estão contados. São tempos de sofrimento para os dois, acompanhando de perto a paixão de Karenin, até que, não mais suportando presenciar tal dor, resolvem apressar a morte da cachorra, ela que tanto apreciava a vida. E novamente uma bela reflexão de Kundera:

> O cão jamais fora expulso do Paraíso. Karenin ignora tudo sobre a dualidade entre o corpo e a alma e não sabe o que é o nojo. É por isso que Tereza se sente tão bem e tão tranquila a seu lado (...). Do caos confuso dessas ideias, germina na mente de Tereza uma ideia blasfematória de que não se consegue desvencilhar: o amor que a liga a Karenin é melhor

---

[151] Ibidem, p. 283.

[152] Ibidem, p. 284.

> que o amor que existe entre ela e Tomas. Melhor, não maior. Tereza não quer acusar ninguém, nem a ela, nem a Tomas, não quer afirmar que poderiam se amar mais. Parece-lhe apenas que o casal humano é criado de tal forma que o amor entre o homem e a mulher é *a priori* de uma natureza inferior à do que pode existir (pelo menos na melhor de suas versões) entre o homem e o cachorro.[153]

No caso do amor que liga o ser humano ao animal, é um amor desinteressado. No amor que une Karenin a Tereza não há interesse, só gratuidade. Tereza não quer nada da cachorra, e nem mesmo exige dela o amor. Na verdade,

> Nunca precisou fazer as perguntas que atormentam os casais humanos: será que ela me ama? Será que gosta mais de mim do que eu dela? Terá gostado de alguém mais do que de mim? Todas essas perguntas que interrogam o amor, avaliam-no, investigam-no, examinam-no, talvez o destruam no instante em que nasce. Se somos incapazes de amar, talvez seja porque desejamos ser amados, quer dizer, queremos alguma coisa do outro (o amor), em vez de chegar a ele sem reivindicações, desejando apenas sua simples presença.[154]

São reflexões que afloram no livro, e também no filme. De fato, Tereza simplesmente acolhe com gratuidade Karenin, sem exigir nada em troca. Não há intenção alguma em fazer de Karenin um ser semelhante a ela. Não sente ciúmes, nem quer confiscar nada. Simplesmente a ama, um amor que é idílico.

É por isso que Tereza sofre tanto com a morte de Karenin. Uma morte que se dá sem maiores sofrimentos, pois é adiantada com a ajuda da eutanásia. E, como diz Kundera, este é um dos privilégios dos cães com respeito aos humanos: para os animais a eutanásia não é proibida por lei, "o animal tem direito a uma morte misericordiosa". Mesmo assim, é tão difícil, e foi tão difícil para o casal, saber o momento certo em que o sofrimento passou a ser inútil.

A Tomas cabe a iniciativa de aplicar a injeção. A Tereza cabe apenas acolher Karenin em seu colo e acariciá-la até o final da vida.[155] E o faz dizendo a ela,

---

[153] Ibidem, p. 290-291.

[154] Ibidem, p. 291.

[155] Ibidem, p. 295-296.

com delicadeza: "Não tenha medo, não tenha medo, lá você não sofrerá, lá você verá esquilos e lebres, haverá vacas, e Mefisto também, não tenha medo"[156].

A cerimônia de adeus completa-se com um enterro digno, e ela, Karenin, é envolvida num lindo "lençol branco estampado com pequenas violetas". Os dois a conduzem silenciosos até o jardim, onde é enterrada com dignidade, entre duas macieiras. Tudo feito com cuidado, cortesia e delicadeza, como traçado pormenorizadamente por Tereza. E Tereza lembra-se de um sonho que teve, tão bonito: "Karenin tinha dado à luz dois croissants e uma abelha."

Certo dia, durante o trabalho, um rapaz urra de dor ao ter deslocado seu ombro. Tomas consegue ajeitar as coisas, com seu conhecimento médico. O rapaz se recupera, e, enquanto ainda está deitado no chão, observa a beleza de Tereza, ali perto, com um lindo vestido, que colocou justamente para agradar a Tomas. O rapaz, tomado de espontaneidade, observa que, diante de Tereza e seu vestido, é invadido por uma vontade imensa de dançar. É a chispa que acende no grupo a decisão de ir num vilarejo da vizinhança para celebrar a alegria.[157]

Todos dançam e todos se embebedam. Tereza dança com o rapaz, depois com o presidente da cooperativa. Finalmente coroa sua alegria dançando com seu amor verdadeiro, que é Tomas. Enquanto os dois dançam ela lhe diz bem junto do ouvido: "Tomas, em sua vida, eu fui a causa de todos os males. Foi por minha causa que você veio parar aqui. Foi por minha causa que você desceu tão baixo, mais baixo impossível."[158]

Tomas reage dizendo que ela está divagando. Ela replica dizendo que ele poderia estar hoje bem melhor, no seu emprego de médico, num trabalho que era a coisa mais importante de sua vida. E Tomas, de forma serena, respondeu: "Tereza, você não notou que me sinto feliz aqui?" Ela, delicadamente, aconchegou sua cabeça em seu ombro, e teve a sensação de uma felicidade única, estranha, mas magnífica. Uma felicidade que agora vinha preencher o antigo espaço de sua tristeza. No retorno da festa ocorre um acidente com a caminhonete em que estão, e eles perdem a vida.

---

[156] Ibidem, p. 295-296.

[157] Ibidem, p. 304-305.

[158] Ibidem, p. 306.

Sabina, que agora mora distante, em Paris, recebe a notícia por carta, e vem escrita pelo filho de Tomas.[159] Pela carta, fica sabendo do ocorrido. É quando então se vê tomada por um vazio imenso. Ela já mora em Paris há três anos. Vem então a vontade de ir ao cemitério de Montparnasse, tecido por "frágeis construções de pedra". Os habitantes que ali jaziam "eram ainda mais extravagantes do que em vida".

É tomada por uma estranha sensação: não gostaria de estar enterrada ali, coberta por pedras. Lembra-se então do enterro de seu pai, que jazia em outro lugar, num túmulo diferente, onde o caixão vem coberto por uma camada de argila, e dali nascem flores, como se fossem um desdobramento daquele ser que ali jaz. As raízes das flores envolvem o caixão, como uma continuidade de vida, como se o morto saísse das sombras através das raízes e das flores[160].

Dessa forma, pensa Sabina, ela pode manter a conversa com seu pai, o que não poderia ocorrer em Montparnasse. Se seu pai estivesse recoberto por pedras, ela "jamais poderia ter falado com ele depois de morto, não poderia ter ouvido na folhagem da árvore sua voz, que a perdoava."

---

[159] Ibidem, p. 122.
[160] Ibidem, p. 123-124.

15

PARIS, TEXAS, WIM WENDERS (1984)

Paris, Texas é um filme maravilhoso de Wim Wenders, de 1984, ganhador da Palma de Ouro do Festival de Cannes no mesmo ano, tendo no júri as presenças preciosas de Dick Bogarde (presidência), Isabelle Huppert e Ennio Morricone. Entre os atores do filme, podemos assinalar as presenças de Nastassja Kinski (1961-)[161], no papel de Jane; Harry Dean Stanton (1926-2017), no papel de Travis; Dean Stockwell (1936-2021), no papel de Walt; Aurore Clément (1945-), no papel de Anne; Hunter Carson (1975-), no papel do menino Hunter.

Vale também destacar a magnífica trilha sonora de Ry Cooder, em particular sua interpretação da belíssima *Canción mixteca,* de José Lopez Alavés (1889-1974). Outro destaque do filme é a fotografia de Robby Müller (1940-2018), tradicional parceiro de Wim Wenders desde seu primeiro longa-metragem, em 1970: *Verão na cidade (Summer in the City).* O diretor de fotografia se graduou na Escola de Cinema de Munique.

Na minha visão, esse é um dos grandes filmes do século XX. O diretor é um dos maiores nomes do Novo Cinema Alemão, que expressa a viva renovação ocorrida nesse campo na Alemanha a partir da década de 1970. Junto com

---

[161] Filha do ator Klaus Kinski, de *Aguirre, a cólera dos deuses (Aguirre, der Zorn Gottes,* 1982) e *Fitzcarraldo,* 1982), Nastassja Kinski teve belas atuações nos filmes *Tess. Uma lição de vida (Tess,* 1979), de Roman Polanski e *Tão longe, tão perto (In weiter Ferne, so nah!,* 1993), de Wim Wenders.

Wenders, encontraremos outros importantes diretores, entre os quais: Rainer Fassbinder (1945-1982),[162] Volker Schlöndorff (1939-)[163] e Werner Herzog (1942-).[164]

Wim Wenders é um cineasta das paisagens, das ricas tramas existenciais e dos grandes deslocamentos. É também um diretor que aprecia a obra de cineastas americanos, e isto podemos perceber em vários de seus filmes. Não se sai impune dos filmes de Wenders, que sabe, como poucos, emocionar seus espectadores com sua singular sensibilidade estética.

Paris, Texas foi a inaugural e bem-sucedida experiência de Wim Wenders com a cor, e o que ocorre nessa mudança é para o diretor algo estranho. Ele disse uma ocasião: "A cor, antes, era para mim uma abstração; o preto e branco me parecia mais realista, a cor me parecia qualquer coisa de exagerado."[165] Seu receio era sempre o de se "perder nas cores". O preto e branco expressava mais vivamente seu pertencimento cinematográfico.

O cenário favoreceu bastante a nova experiência do cineasta, que escolhe, depois de muita pesquisa, a cidade de Paris, no norte do Texas,[166] para a realização de boa parte das filmagens. Para o diretor, a "colisão" entre Paris e Texas corporifica passos essenciais do roteiro idealizado por ele, L. M. Kit Carson e o dramaturgo americano Sam Shepard, este último nascido no Texas. Shepard vinha de uma experiência bem positiva com Antonioni, no filme *Zabriskie Point*, de 1970. Para um dos personagens do filme, Travis, Paris no Texas simboliza a cisão e o desequilíbrio vividos por ele. Ele diz ter conhecido sua mulher, Jane, em Paris e, com sua evasão, a cidade passa a ser identificada como "o lugar da separação". É também considerada um "lugar mítico", onde poderia, quem sabe, reunir novamente a família dispersa.

Wenders é um cineasta que adora paisagens.[167] E assim começa seu filme, com um longo plano-sequência de uma vista aérea do deserto texano, a qual já revela um dos traços da cinematografia do diretor, que é a dificuldade de

---

[162] Dentre seus filmes: *O casamento de Maria Braun* (*Die Ehe der Maria Braun*, 1979).

[163] Um de seus clássicos filmes é *O tambor* (*Die Blechtrommel*, 1979), premiado com o Oscar de melhor filme estrangeiro em 1980.

[164] Dentre seus filmes: *Aguirre, a cólera dos deuses, O enigma de Kaspar Hauser* (*Jeder für sich und Gott gegen alle*, 1974), *Stroszek* (1977) e *Fitzcarraldo*.

[165] India Mara Martins. *A paisagem no cinema de Wim Wenders*. Rio de Janeiro: Contra Capa, 2014, p. 94.

[166] Trata-se de uma pequena cidade no condado de Lamar, que no início de 2017 contava com cerca 25 mil habitantes.

[167] Wim Wenders adora igualmente viagens. A seu ver, há uma íntima ligação entre a viagem e a fotografia: Wim Wenders. *Una volta*. Roma: Contrasto, 2015, p. 25.

aproximação do mundo e dos outros. É uma sequência iniciada com o amplo deserto, para depois se fixar no personagem Travis, que caminha perdido e maltrapilho na paisagem árida, revelando sua posição "estranha" e sofrida no mundo. Como indica India Martins em seu trabalho, "a câmera passeia sobre cânions, uma paisagem árida, sol inclemente, céu azul, pedras – e, finalmente, localiza uma figura pequena caminhando com determinação no centro da paisagem".[168] É surpreendente a cena em que ele olha para cima, para beber o resto de água que tem, e avista um condor predador no alto da pedra. A imagem sugere o risco que ele corre na empreitada solitária e desesperada.

Somos aos poucos introduzidos num roteiro maravilhoso, no qual vibram as palavras, os sons, os silêncios e as cores, num caleidoscópio de emoções que prendem o espectador do início ao fim. Todo esse clima serve de porta de entrada para uma narrativa familiar pontuada por muito sofrimento, mas também por momentos únicos da sutileza e delicadeza que delineiam a arte do diretor.

Paris, Texas não deixa de ser um filme de amor, visto, porém, a partir de sua dissolução. Wim Wenders revela que contar uma história de amor é algo de grande complexidade, sobretudo no tempo atual. Ele considera um grande desafio tratar da história de um homem e uma mulher, resguardando o espaço da individualidade como o da convivência. Entende ser muito fácil duas pessoas se enamorarem e que o problema começa a ocorrer no depois, ou seja, como lidar com a situação que se desdobra do enamoramento: "permanecer si mesmo, abrir-se ao mundo, e contemporaneamente abrir-se a uma outra pessoa."[169]

Retomando o roteiro, como indica o cronista Ricky Sanchez,[170]

> O filme começa abordando a vida de Travis Henderson, que, após ficar mais de quatro anos desaparecido, é achado vagando sem rumo pelo deserto. Seu irmão, Walt Henderson, fica incumbido de ir ao encontro de Travis para trazê-lo de volta a sua casa. Aos poucos, assim como o protagonista, vamos assimilando tudo o que acontece naquele ambiente. Travis vai recuperando sua saúde mental e física e tem a difícil missão de reatar o laço com seu filho pequeno, Hunter,

---

[168] India Mara Martins. *A paisagem no cinema de Wim Wenders*, p. 94.

[169] Ibidem, p. 38.

[170] Ricky Sanchez. Paris, Texas (1984) de Wim Wenders. *Cinefilia Incandescente*. 08/03/2017: https://www.dn.pt/artes/paris-texas-o-sonho-americano-e-um-lugar-distante-5661000.html (acesso em 13/03/2022)

que tinha abandonado após desaparecer. Hunter não fora somente abandonado pelo pai, sua mãe também decidira por deixá-lo aos cuidados de Walt e sua esposa, a fim de não comprometer o desenvolvimento da criança. A trama ganhará sua essência quando Travis decide reencontrar Jane, sua esposa, junto com seu filho.

Num ritmo que é lento, embalado por uma trilha especial, vamos nos introduzindo nas delicadas nuances que fazem emergir do meio do nada o personagem Travis. Estamos no coração da incomunicabilidade, diante de um personagem que perde por um tempo sua sociabilidade, mergulhando num silêncio que demorou a ser rompido. Vagando perdido por quatro anos, ele vinha de uma "tragédia", marcada pelo rompimento abrupto com sua mulher (Jane), num conflito comunicacional que o fez seguir para o deserto, abandonando também o pequeno filho Hunter, de quatro anos. Eles moravam como nômades, num *trailer*, mudando de cidade em cidade por motivos do trabalho de Travis.

É toda uma "carga misteriosa" que habita Travis e contagia também o espectador, que vai penetrando no seu estranho modo de agir e no tom silencioso de seu momento particular. Nos últimos tempos, a relação entre Travis e Jane vinha sendo carcomida por um ciúme atormentador, que acabou destruindo a relação. Até que Travis escapa, adolorado, para o deserto.

Depois de muito caminhar, Travis encontra uma parada na estrada, e ali desmaia, sedento e faminto. No posto médico em que é atendido, conseguem achar o endereço de seu irmão, Walt, que, informado por telefone, vai a seu encontro para resgatá-lo. Vemos assim "emanar dos dois personagens toda essa preocupação que essa volta de Travis para o lugar que abandonara outrora iria implicar para a vida de todos".[171]

Seu retorno à casa do irmão é favorecido pela receptividade e a atenção oferecida pela família, em particular por Anne, mulher de Walt. Os dois passaram a cuidar do menino Hunter, filho de Travis e Jane, depois que a mãe decidiu deixar o garoto com a família por incapacidade de dar a ele o afeto e a proteção necessários. Ela também "desapareceu", mas manteve contato secreto com Anne, pedindo no início fotos e notícias do filho. Com o tempo a comunicação foi se rarefazendo e, numa das últimas conversas entre as duas, Jane tinha passado

---

[171] Ibidem.

o nome do banco na cidade em que se encontrava, Houston, a mais populosa do estado do Texas. Dali mandava mensalmente parcos recursos para ajudar na manutenção do filho e auxiliar na garantia de seu futuro.

Momentos delicados ocorrem quando Anne começa a sofrer com a possibilidade de perder o menino, que se adaptara tão bem à nova família. Algumas conversas do casal são permeadas por aflição e dor, mas Walt explica para a mulher a importância do resgate afetivo entre o pai biológico e o filho. No começo, a relação não é assim tão fácil, tendo que ocorrer toda uma dinâmica complexa de aproximação entre os dois. A sorte é que o garoto tinha sido abandonado muito novo e uma possível "raiva" do pai foi atenuada pela falta de lembranças. É curioso perceber que a "inabilidade" dos dois em retomar a comunicação constitui o fio propiciador para o novo liame. Travis vai, aos poucos, com a ajuda do irmão e da cunhada, vivendo uma mutação que o fará recuperar a sociabilidade e a proximidade do filho. Há cenas bonitas a esse respeito, como a ida do pai à escola para buscar o filho, do mau jeito inicial à naturalização de uma relação de amor.

O contato acolhedor da família facilita que Travis

> recupere, em seu próprio ritmo, algo que escolhera deixar para trás quatro anos antes. E essa recuperação de sua saúde mental é evidenciada em uma das cenas mais simbólicas do filme, quando Travis atravessa uma ponte e encontra a figura de um homem completamente atormentado gritando coisas sem nexo. Travis se dá conta neste momento do que fora meses antes, vendo no homem uma espécie de espelho e se compadecendo disto. Medo e aversão surgem no protagonista. Aversão pelo que havia sido durante um fragmento de sua vida e medo de que isto não tenha se acabado por completo. E esse medo será fundamental para os desnivelamentos finais da obra.[172]

Uma das mais belas cenas do filme ocorre quando pai e filho assistem a episódios felizes da infância do menino com os pais projetados em super 8. Ao fundo, a linda *Canción mixteca*, na arte interpretativa de Ry Cooder. Vamos

---

[172] Ibidem.

acompanhando os caminhos percorridos por Travis para recuperar a estima do filho. Através desse filme em super 8, com imagens de férias em família, se dá a primeira aproximação entre pai e filho – o filho abandonado quando tinha quatro anos. Agora o menino está com sete anos. A filmagem exerce a função de chispa para o despertar da memória de Travis, reavivando as lembranças felizes de um bonito período da vida familiar, tecido por acolhida, carinho, ternura e amor. Tudo vai servir de base para a aproximação de pai e filho.

Após assistir às alegres passagens em super 8, já à noite, o garoto se despede de Travis chamando-o de pai, num momento rico de emoção. Na sequência, em conversa com Anne no quarto, o garoto indaga:

– Você acha que ele (Travis) ainda a ama (Jane)?

E Anne: – Como eu vou saber, Hunter?

Hunter: – Acho que ama.

Anne: – Como você sabe?

Hunter: – O jeito que ele olha para ela.

Anne: – Percebeu quando ele a viu no filme?

Hunter: – Sim. Mas não era ela...

Anne: – Como assim?

Hunter: – Era só ela num filme. Há muito tempo... Numa galáxia muito... muito distante...

Em outro momento do filme, o menino Hunter pergunta ao pai (Travis):

– Você se lembra dele (de seu pai)? Quando ele andava e falava.

Travis: – Sim.

Hunter: – Então, conseguiu sentir que ele foi embora?

Travis: – Sim, de vez em quando. Sei que ele morreu.

Hunter: – Nunca senti que você tinha morrido. Podia sempre sentir você andando e falando em algum lugar. Também sinto a mamãe.

Travis: – Sente?

Hunter: – Você não?

Travis: – Com a cabeça faz o gesto de sim...

Como lembra Sanchez em sua análise,

> A confusão intrínseca aos personagens, por diferentes motivos, acaba incitando os mesmos a encontrarem o elo perdido que talvez propicie o conforto necessário. Esse elo é a figura de Jane. Somente ela poderia providenciar essa recuperação do buraco na vida de Travis e Hunter. E a jornada dos dois pela busca da mulher é linda. Veremos surgir nessa jornada os sentimentos de aceitação e amor nos protagonistas.[173]

Pai e filho decidem ir ao encalço de Jane num velho carro, sem sequer informar a Walt e Anne, que ficam desesperados com o sumiço dos dois. Ao longo da viagem, numa parada, o menino avisa a Anne que estão viajando para Houston, em busca de Jane.

> A longa viagem empreendida por pai e filho não está apenas definida pelos quilómetros percorridos, estendendo-se também a uma travessia emocional de tréguas com o passado, consolidação do presente e resignação com o futuro pela parte de Travis, que, essencialmente fruto do vínculo que criou com o filho, ganha pela primeira vez coragem e determinação para se encarar a si próprio.[174]

O encontro de Travis e Jane é uma das cenas mais impactantes já feitas no cinema. Tudo que envolve a construção dessas passagens, separadas em dois momentos em um único ambiente, acaba arrepiando quem assiste. A intensidade do filme, que até então era mais tranquila e suave, acaba crescendo consideravelmente. As conversas entre Jane e Travis são separadas por um vidro num *peep show*, onde apenas o homem vê a mulher por trás da barreira transparente. Tudo é permeado por um tom nostálgico, acentuado pela trilha de Ry Cooder. No início, Jane não se dá conta de quem está falando com ela, mas, aos poucos, ela percebe que a história contada é a dela com Travis. Então tudo muda.

São dois encontros, sendo o primeiro mais rápido. No segundo é que se dá a revelação de Travis. De forma dramática, ele revela a ela a impossibilidade de

---

[173] Ricky Sanchez. Paris, Texas (1984) de Wim Wenders. *Cinefilia Incandescente*, 08/03/2017,

[174] Inês Bom. Paris Texas: o reencontro com o que há de melhor em nós. *Comunidade, cultura e arte*, 19/04/2017: https://comunidadeculturaearte.com/paris-texas-o-reencontro-com-o-que-ha-de-melhor-em-nos/ (acesso em 13/03/2022)

um encontro pessoal entre os dois, em razão da carga incompatível e autodestrutiva do passado relacional. Isso me fez lembrar uma passagem do romance de Nizami, *Laila & Majnun* (século XII), quando a amante diz ao amado que "a proximidade traz o desastre, pois os amantes só estão seguros separados."[175]

É todo um processo catártico que ocorre na conversa entre os dois, tanto no momento em que ele fala com ela, como naquele em que ela fala com ele. Em passagem nevrálgica, quando ela descobre que a história revelada é a dos dois, se achega e, com as mãos trêmulas, alisa o vidro e pronuncia o nome de Travis.

Como indica Inês Bom, os dois

> Voltam pela última vez a percorrer o passado intenso, febril e sombrio que viveram juntos. É o testemunho cândido de um amor tão profundo e destrutivo, capaz de vandalizar a sanidade daquele que o detém, emoldurado por uma fotografia inconfundível e por duas das melhores prestações do filme, que tornam esta cena simbólica num marco difícil de esquecer.[176]

As cenas são paralisantes, de emoção intensa. Ao final, vemos Travis, humilde e virtuoso, conseguir a façanha de unir mãe e filho num hotel, estando ele embaixo, assistindo ou imaginando o encontro derradeiro dos dois queridos. É linda a cena em que Jane abraça, sem palavras, o filho querido. É o momento crucial no qual ele vence a culpa que o destroçou e pode então seguir caminho em sua velha caminhonete Ford Ranchero 59, retornando a sua condição de peregrino.

Como defende Ricky Sanchez, ao final de sua resenha,

> Wim Wenders entrega a obra mais relevante de seu cinema, mostrando aqui todos os elementos que acabam por compor seus filmes. Toda a nostalgia presente em cada fragmento de cena traz um misto de tristeza e felicidade no próprio espectador, nos fazendo olhar para nossos próprios passos, atrás da construção de nossas identidades no mundo.[177]

---

[175] Nizami. *Laila & Majnum*. Rio de Janeiro: Jorge Zahar, 2002, p. 162.

[176] Inês Bom. Paris Texas: o reencontro com o que há de melhor em nós. *Comunidade, cultura e arte*, 19/04/2017.

[177] Ricky Sanchez. Paris, Texas (1984) de Wim Wenders. *Cinefilia Incandescente*. 08/03/2017.

16

MUITO ALÉM DO JARDIM, HAL ASHBY (1979)

Dentre os filmes dirigidos por Hal Ashby anteriores a *Muito além do jardim* (*Being There*), podemos assinalar dois em particular: *Ensina-me a viver* (*Harold and Maude*, 1971), com Ruth Gordon e Bud Cort, com roteiro de Colin Higgins e trilha sonora de Cat Stevens; e *Amargo regresso* (*Coming Home*, 1978), com roteiro de Waldo Salt e Robert C. Jones e música de Rolling Stones e George Brand. *Amargo regresso* recebeu três Oscars: melhor atriz (Jane Fonda), ator (Jon Voight) e roteiro original. Ganhou também o prêmio de melhor ator no Festival de Cannes. É um dos grandes clássicos na abordagem da questão pacifista.

O filme *Muito Além do Jardim* teve como referência o livro de Jerzy Kosinski (1933-1991), *O videota*,[178] publicado originalmente em 1970. O escritor polonês, naturalizado norte-americano, escreveu outros livros extraordinários, como *A árvore do diabo* (*Cockpit*, de 1975) e o *best-seller O pássaro pintado* (*The Painted Bird*, de 1965). Teve um sério problema em sua carreira literária, com a acusação de plágio, em 1982, e veio a cometer suicídio em 1991.

O roteiro do filme *Muito além do jardim* aborda a história de Chance, um jardineiro, interpretado por Peter Sellers, que passou toda a sua vida na casa de um homem rico, que vivia num bairro periférico de Washington, capital dos Estados Unidos da América. Como relata o livro, Chance era órfão e, ainda criança,

---

[178] Jerzy Kosinski. *O videota* (*Being There*). Rio de Janeiro: Artenova, 1971.

foi adotado por um velho, que o abrigou em sua confortável casa, encarregando-o depois de cuidar de seu jardim. Protegido da rua por um muro alto de tijolos vermelhos, cobertos de hera, o jardim era um ambiente tranquilo e seguro, e o ruído dos carros não prejudicava a paz do lugar. Como indicou Kosinski no roteiro, "as plantas eram como as pessoas: precisavam de cuidado para viver, para vencer as suas doenças e para morrer em paz."[179]

O filme já apresenta Chance em sua idade adulta, cuidando do jardim do velho, "das plantas, da grama e das árvores que ali cresciam em paz. Seria como uma delas: de coração leve quando fazia sol, e pesado quando chovia."[180] Chance devia limitar sua vida a seus aposentos e o jardim, sem entrar em outros cômodos da casa. Sua comida era servida pela funcionária da casa, Louise, única pessoa com quem Chance mantinha contato e se relacionava. O seu quarto tinha uma janela que dava para o jardim. Recebia sua comida com regularidade e fartura. Deram-lhe no início um rádio, e depois uma televisão colorida com controle remoto. E assim Chance passava seus dias.

Quando o velho, dono da casa, morre, Chance passa por momento delicado, pois não pode mais residir naquele lugar. É avisado da morte do velho por Louise, e a reação que demonstra diante do ocorrido é de apatia. Discorre sobre a manhã daquele dia, que estava linda, fala sobre a necessidade de cuidar do jardim e solicita o seu café, para estranhamento de Louise. Durante todo o tempo em que residiu na casa, Chance dividia sua atenção entre a televisão e o jardim. Nada mais o interessava. Logo em seguida à morte do velho, aparecem na casa dois advogados da firma Hancock, Adams & Colby, encarregados do espólio da família. Eles manifestam estranhamento com a presença de Chance na casa e, com a documentação em mãos, expressam não ter conhecimento de qualquer vínculo do jardineiro com o falecido. Não havia registro algum de emprego dele ali. Chance, surpreso, diz que trabalhou ali no jardim durante toda a sua vida, desde que era rapazinho. Quando começou, informa, as árvores eram pequenas e agora o jardim despontava com toda a sua beleza.

No exíguo prazo dado pelos advogados, Chance tem que deixar a casa, obedientemente. Não sabe sequer dizer por que tem de deixar o jardim, nem

---

[179]   Ibidem, p. 13.

[180]   Ibidem, p. 16.

ao menos sabe ler ou escrever. Expressa sua vontade de permanecer ali, mas acaba conformando-se em sair. Sai da casa bem-vestido, como de hábito, com a maleta de couro, achada no quarto de despejo. Antes, porém, volta-se para o jardim e, num último olhar, constata que tudo "estava em paz: as flores elegantes e eretas", e ainda toca com sua mão delicada as agulhas do pinheiro. Da televisão, permanece apenas "o pequeno ponto azul" no centro da tela. É "como se tivesse sido esquecido pelo resto do mundo".[181]

Ao descer as escadas da entrada da casa, Chance percebe que o mundo exterior é semelhante ao que viu na televisão, mas para ele é um choque. E no momento em que faz o gesto de abrir a porta para a rua, somos envolvidos pela linda trilha sonora, com a música *Assim falou Zaratustra*, o lindo poema sinfônico de Richard Strauss, composto em 1896, inspirado em obra do filósofo Friedrich Nietzsche. A novidade está na qualidade distinta do arranjo feito pelo brasileiro Eumir Deodato, que fica na memória do espectador. A cena, maravilhosa, faz lembrar a descida de Neil Armstrong do módulo espacial na lua. São cenas que revelam para nós a descida para o mundo desconhecido. A música acompanha a caminhada solitária de Chance pela periferia de Washington até a grande avenida da capital do império americano, tendo ao fundo o Capitólio. É uma cena magistral, antológica, uma das mais belas sequências do cinema.

Chance anda pelas ruas com a admiração de um menino. Seu olhar se derrama para o entorno, com uma curiosidade que contagia. Vai aos poucos sentindo o peso da maleta e o rigor do calor, bem como a fome. Em passagem singular, ao encontrar-se com uma mulher carregada de embrulhos numa das ruas, ele a detém e pede algo para comer. A mulher se assusta com o pedido insólito de um homem impecavelmente vestido. Outras cenas ocorrem durante a caminhada de Chance pelas ruas, como no momento em que se encontra com uma gangue de adolescentes, e é ameaçado por um deles com um canivete. A reação de Chance, imediata, é responder ingenuamente com o controle remoto, num movimento que indica sua vontade de mudar de canal, como fazia na casa.

Na sequência de sua caminhada pelas ruas da capital, Chance se depara com uma imensa televisão colorida numa das lojas, e é tocado por admiração. Na busca de encontrar um melhor ângulo para sua visão, sempre com o controle

---

[181] Ibidem, p. 33.

remoto em mãos, acaba saindo da zona segura da calçada e é abalroado por uma limusine que, em marcha à ré, comprime suas pernas contra outro carro que está estacionado ali. Diante do ocorrido, tanto o chofer como a passageira vêm lhe prestar socorro. Para evitar transtornos com a polícia, a mulher oferece ajuda imediata, convidando-o para tratar-se em sua casa, toda aparelhada para o cuidado de seu marido, que está gravemente doente. A mulher se apresenta como Eve, casada com Benjamin Rand.[182] Interpretando Eve, está a fabulosa Shirley MacLaine.

Já no carro, seguindo em direção à mansão dos Rand, o jardineiro se apresenta para Eve, que não entende direito, e imagina que seu sobrenome é Gardener, jardineiro. Passa então a ser chamado de Chance Gardener. Na conversa entre os dois no carro, ele diz a Eve que não tem mulher, nem família. Ela discorre sobre a grave doença do marido e oferece ajuda para qualquer possível contato que seja necessário fazer. Ele agradece, dizendo não ter relação com ninguém.

Na mansão, inicia o tratamento com o médico da família, e mantém contato com o rico proprietário, Benjamin Rand. A simpatia entre os dois logo se manifesta. Durante a conversa, Rand parabeniza Chance pela sorte de ter uma boa saúde. Ao perguntar sobre seus negócios, é informado pelo hóspede sobre sua ocupação de jardineiro. Rand então afirma que jardineiro é a perfeita descrição de um homem de negócios: "Um homem de negócios eficiente é na verdade um trabalhador na própria vinha",[183] diz ele. Na conversa amigável, Chance acaba dando incentivo para a reflexão econômica de Rand, que é presidente do Conselho da First American Financial Corporation — um homem de influência, que tem contato pessoal com o próprio presidente americano. Rand lamenta com o novo amigo que agora, estando tão doente, sua vida é como "uma árvore com as raízes na superfície", e que está apenas aguardando sua ida para o quarto lá de cima, numa referência ao Além.

Por coincidência, Chance acaba encontrando o presidente da república, que vai participar da reunião anual do Financial Institute, em Washington. O presidente aproveita para fazer uma visita ao amigo doente, Rand. Durante a visita, ocorre o encontro entre Chance e o presidente. Rand, de forma irônica,

---

[182]   Interpretado por Melvyn Douglas.

[183]   Jerzy Kosinski. *O videota*, p. 43.

ainda previne o novo amigo sobre o encontro com o presidente: "Não mostre a eles a sua mente, eles poderão apreendê-la." Durante o encontro, o presidente pergunta a Chance o que pensa sobre os tempos difíceis nos negócios e meios financeiros. Com toda a sua leveza e ingenuidade, Chance responde recorrendo às metáforas do jardim: "Há a primavera e o verão, mas também o outono e inverno. E depois a primavera e o verão outra vez. Enquanto as raízes não forem arrancadas tudo está bem e terminará bem."

A metáfora ilumina os olhos do presidente, que acha ali uma pista surpreendente para reflexão. Diz a Chance que suas palavras refletem uma das mais encorajadoras e otimistas declarações ouvidas por ele nos últimos tempos. Tanto assim que fará menção a elas em discurso pronunciado no evento de que vai participar, aplicando-as na fala sobre os efeitos benéficos da inflação. O fato suscita grande interesse dos meios de comunicação, que buscam contato com o tal Chance, que assim se torna, surpreendentemente, um homem importante, despertando inclusive o interesse do embaixador soviético numa festa das Nações Unidas em que se encontram e conversam, para o encanto da autoridade russa.

Eve, com a aprovação do marido, aproxima-se de Chance, que suscita nela um profundo desejo. Em momentos singulares do filme, vemos cenas em que ela busca seduzir Chance, o qual reage sempre de forma apática aos gestos de aproximação. Num momento curioso da película, ele acaba beijando-a, sem maiores emoções, apenas imitando uma cena de beijo que está vendo na televisão. Em outra passagem importante, ela busca maior intimidade com ele, e os dois chegam a rolar juntos na cama. Em seguida, um pouco assustado, Chance lhe diz que prefere olhar para ela. Ela interpreta o que ele diz como um desejo de vê-la nua, então ela se despe e, ao pé da cama, com uma das mãos envolvidas na perna dele, inicia uma cena de masturbação radicalmente inovadora para o cinema da década de 1970. Fontes afirmam que a cena precisou ser repetida 17 vezes. A ousadia das cenas sexuais do filme, tanto no momento da masturbação de Eve como em outra sequência que trata de homossexualidade, é ainda mais explícita no livro.

Há uma sequência muito bonita ao final do filme, durante o funeral de Rand, quando Chance está junto de Eve e, ao fundo, ouve-se o discurso do presidente americano, que elogia o amigo falecido. Aos poucos, com o funeral em curso, Chance vai se distanciando de todos e desce vagarosamente pelo campo invernal até chegar à beira de um lago. Antes, ajeita uma pequena árvore sobre a qual caíra um galho de outra maior. Ajeita com delicadeza aquela árvore em início de crescimento e, despojadamente, avança a pé sobre as águas, sem afundar. Está, agora, muito além do jardim, e muito além das querelas político-financeiras. Encontra então o seu espaço favorito em meio à natureza, livre das palavras vãs.

Muitos críticos cinematográficos interpretam a figura de Chance como um videota, conforme o título do livro na tradução brasileira, um idiota e pateta, totalmente determinado pela televisão. Acredito que em parte isto está correto. Pude, porém, verificar, com uma nova forma de olhar, o lado jardineiro e menino de Chance, tocado por rara delicadeza e cuidado. É o lado que encanta todos aqueles que entram em contato com ele. Ele passa por todos esses acontecimentos, inclusive com a possibilidade da fama, sem perder sua sensibilidade, ternura e gratuidade.

O livro fala de um apelo que vem de um caminho diferente, aquele que os simples conhecem e garantem como um bem precioso. Trata-se do caminho preservado com serenidade. O próprio título do filme, *Being There*, apresenta uma analogia bonita com *O caminho do campo*, abordado por Martin Heidegger[184].

A imagem do jardim é fabulosa para evidenciar esse olhar diferenciado que marcou o personagem do filme. Em seu livro *Louvor à terra. Uma viagem ao jardim*, Byung-Chul Han fala da importância do trabalho de jardinagem, entendido como uma meditação silenciosa, um demorar-se no silêncio. Diz o autor que da terra chega o imperativo do cuidado: cuidar bem da terra, tratá-la com esmero. Uma veneração e reverência que perdemos com o tempo: deixamos de ver e ouvir a Terra.[185]

---

[184] Martin Heidegger. *Sobre o problema do ser*. O caminho do campo. São Paulo: Duas Cidades, 1969.

[185] Byung-Chul Han. *Loa a la tierra*. Un viaje al jardín. Barcelona: Herder, 2019, p. 13.

17

UM DIA MUITO ESPECIAL, ETTORE SCOLA (1977)

Estamos diante de um dos mais belos e significativos filmes do diretor italiano Ettore Scola, que morreu em 2016, aos 84 anos. Foi um diretor da segunda geração do neorrealismo italiano, movimento inaugurado em 1945 com o antológico filme de Roberto Rossellini: *Roma, cidade aberta* (*Roma, città aperta*). Na sua vida, destaca-se a importante presença de Fellini, onze anos mais velho, de quem foi colega de jornal e parceiro de cinema.

Como descreve Luiz Zanin Oricchio,, em artigo no Estadão,

> o neorrealismo nasce diretamente da tragédia da Segunda Guerra Mundial (1939-1945), sob a inspiração da resistência dos ´partiggiani` em sua luta antifascista e com a ideia de que aquilo não poderia se repetir jamais.[186]

Um dia muito especial (*Una giornata particolare*) é uma obra-prima de Ettore Scola e talvez o melhor trabalho da dupla Marcelo Mastroianni e Sophia Loren, a "celebração definitiva" dessa amada parceria cinematográfica.[187]

Ettore Scola faz parte da grande tradição do neorrealismo italiano com o sonho "de reerguimento humano e moral que afligiu o povo italiano após a

---

[186] Luiz Zanin Oricchio. Ettore Scola foi o último elo com uma grande geração do cinema italiano. O Estado de São Paulo, 10/05/2021.

[187] Luiz Carlos Merten. A dupla que faltou. *O Estado de São Paulo*, 28/11/2021.

derrocada na guerra.”[188] O grande tema do cinema de Scola é o testemunho, como já foi dito por Jean Tulard. Como um singular humanista, o diretor italiano marca sua trajetória artística com um testemunho bonito, corajoso e fiel contra o nazifascismo. Isso ocorre também em outros filmes, como o aclamado *Nós que nos amávamos tanto* (*C´eravamo tanto amati*, 1974).

Podemos destacar o belo roteiro elaborado por Ettore Scola, Maurizio Costanzo e Ruggeri Maccari. E também a incrível fotografia de Pasqualino De Santis, assim como a trilha sonora de Armando Trovajoli. Na produção, a presença de Carlo Ponti (marido de Sophia Loren).

Em 19 de maio de 1977, o filme foi apresentado no Festival de Cannes, chegando às salas de cinema, na Itália, em setembro do mesmo ano. Mesmo sem ganhar a Palma de Ouro,[189] o filme ganhou o apreço geral do público e da crítica de todo o mundo.

Foi vencedor do Globo de Ouro, bem como indicado para o Oscar de melhor ator e filme estrangeiro. O filme é uma

> fusão perfeita de drama, crítica social e reconstrução histórica (...). Um amargo e apaixonado grito de raiva e de protesto contra uma sociedade que, não obstante o desmoronamento dos regimes ditatoriais, continua a querer dividir bons e maus na base de critérios absurdos e anacrônicos.[190]

O filma trata do emocionante “encontro de duas solidões”, de dois tipos excluídos (a dona de casa e o homossexual) e irmanados por um triste destino que os relega à margem numa sociedade autoritária, incapaz de ver para além de seu próprio fascínio (sociedade fascista)

O que se retrata é um dia histórico na cidade de Roma, 6 de maio de 1938, quando Hitler foi recebido por Mussolini para selar uma união política que no ano seguinte levaria o mundo à Segunda Guerra Mundial. Trata-se do “pacto de aço”. Foi um encontro alegre e fascinante para o povo daquele tempo, mas grotesco, ridículo e inquietante para os nossos dias, para os espectadores de hoje.

---

[188] Luiz Carlos Merten. Italiano Ettore fala do seu eterno “Dia muito especial”. *O Estado de São Paulo*, 24/11/2021.

[189] O filme vencedor foi *Pai Patrão* (*Padre padrone*, 1977), dos irmãos Taviani. No júri, a presença de Roberto Rossellini.

[190] Marco Paiano. Una giornata particolare: recensione del film di Ettore Scola. *Cinematographe*.it, 19 maggio 2017.

O filme se abre com um dos maiores planos-sequência da história do cinema italiano, no qual a câmera filma um complexo residencial popular[191] e, de alto a baixo, vai captando pequenas cenas do cotidiano daquele lugar, quando os moradores estão ainda acordando. Por fim, a câmara se concentra no apartamento de Antonietta (Sophia Loren), uma mulher de cerca de 45 anos.

O prédio ficará vazio, com todos os moradores deslocando-se para o grande evento na cidade de Roma, com exceção da zeladora, de Antonietta e de Gabriele (Marcello Mastroianni). A maioria veste preto, a cor dileta do fascismo: o aparato do regime era um aparato em preto e branco, fúnebre, lúgubre, sinistro, com caveiras nos estandartes.

É interessante verificar o que o filme mostra com clareza: a influência exercida pelo fascismo em todas as esferas da vida pública e privada. O poder de sedução exercido pela propaganda no rádio. Aliás, esse é o tema do filme: a relação entre o público e o privado. Durante todo o filme, a trilha sonora será tomada pela cobertura radiofônica do memorável encontro entre Mussolini e Hitler.

A câmera, então, se detém no apartamento de Antonietta e na família dela, símbolo de uma "família fascista modelo", fiel ao regime. O marido é quase uma paródia do fascista ideal, que, para ser homem, deve ser necessariamente marido, pai e soldado – como dirá mais tarde Gabriele para Antonietta, já mais ao final do filme, depois de ler isso escrito no álbum da família.

Aqui nos encontramos nesse detalhe singular do filme, que é a capacidade impressionante do diretor de mostrar o cotidiano de dois excluídos: "Duas infelicidades se encontram nos confins de um dia particular; duas solidões exiladas aos olhos dos outros".[192]

Scola consegue a proeza de um tratamento excepcional desses dois personagens solitários, e o faz "com uma delicadeza e simplicidade" que encantam.

Por um lado, Antonietta, uma mãe-mulher (*mamma-moglie*) fascista modelo, mas que não é feliz. Com o marido não tem diálogo, amor ou ternura. Por

---

[191] São os conhecidos edifícios Palácios Federici, na Viale XXI Aprile: o maior edifício de casas populares construído na Itália da década de 1930 e apreciado até hoje pelos arquitetos. Um tntinua: "o, entre os lençoi at o maior edif de cada um, com um detalhe dos cabelos negros". E continua: "o, entre os lençoi

[192] Marco Pezzela. Uma Giornata Particolare – Il capolavoro del maestro Scola. Arte Settima, 16/01/2018: https://artesettima.it/2018/01/16/una-giornata-particolare-il-capolavoro-del-maestro-scola/ (acesso em 17/07/2028)

meio dela, expõe-se o sacrifício de uma mulher voltada para os seis filhos e para a pátria. Fora desse "papel" de mãe, ela "praticamente não existe para ninguém".

O que vemos no filme é uma intérprete despojada, que abre mão de seu *glamour*, como já havia feito antes sob a direção de Sica, em *Duas mulheres* (*La ciociara*, 1960).[193] Em sua biografia, Sophia Loren dirá que "era uma aposta silenciar dois atores como nós, símbolos de beleza e juventude, em personagens marginalizados e submetidos."[194]

Por outro lado, há Gabriele, que aparece como "um personagem opaco e misterioso". É alguém que, como Antonietta, é marginalizado, mas por sua condição de homossexual. Foi, por isso, despedido de seu jornal: EIAR[195] (que depois se tornará a RAI). Ele inicialmente diz a Antonietta ter sido demitido porque tinha uma voz problemática. Só depois revela para ela o real motivo da demissão.[196]

A aparição de uma ave, o encontro dos dois personagens, tudo acaba demovendo Gabriele de uma decisão de suicídio que está para tomar: o revólver já está em sua mesa de trabalho.

Ele dirá mais tarde ao telefone, a um amigo:

> Estava para cometer uma tolice. Salvou-me uma que habita próximo daqui (...). É certo que a vida vale a pena ser vivida, seja qual for. Sempre há de chegar um pássaro para nos recordar isso. Hoje é, porém, um dia especial para mim, sabe? É como num sonho, quando queres gritar e não consegues, pois falta o ar.

Em certo momento, Gabriele diz, aos brados, no vão das escadas do prédio, que é frouxo, homossexual... e isto para a zeladora do prédio ouvir, uma fascista convicta. É o grito de dor do personagem, que chega aos ouvidos de Antonietta, mas também de todo o público. O insulto de "*frocio*" reverbera como um ato de acusação contra uma sociedade incapaz de acolher a diversidade[197].

---

[193] Luiz Carlos Merten. Italiano Ettore fala do seu eterno "Dia muito especial". *O Estado de São Paulo*, 24/11/2014.

[194] Sophia Loren, *Ieri, oggi, domani*. La mia vita. Rizzoli, 2014.

[195] EIAR é a sigla para o Ente Italiano per le Audizioni Radiofoniche. RAI é Radio Audizioni Italiane.

[196] Gabriele diz a Antonietta: "Tem uma frase no seu álbum... O homem deve ser marido, pai e soldado". Eu não sou... um marido, nem pai, e nem soldado." Diz, então, para ela, o real motivo de sua demissão da rádio. Ela diz: "Não entendo." E ele: "Entendeu perfeitamente."

[197] Chiara Ugolini. 40 anni di "Una giornata particolare", una donna e un uomo sullo sfondo del fascismo. *La Repubblica*, 15 maggio, 2017.

Na realidade, Gabriele é uma pessoa digna, de ânimo positivo, culto e gentil. Será a primeira vez que o cinema italiano afrontará o tema da homossexualidade de uma outra perspectiva, mais humana e profunda, sem clichês estabelecidos.

Os dois se encontram por casualidade: o pássaro de Antonietta tinha fugido de casa e pousado na janela de Gabriele. Ele diz, em certo momento, uma frase que se tornou célebre: "A vida é feita de tantos momentos diversos, e, em algumas vezes, chega o momento de rir, assim improvisadamente, como um espirro..."

Em sua biografia, intitulada *Ontem, hoje e amanhã*, Sophia Loren diz: "Resta pouco para nos encontrarmos, basta seguir o melro indiano que escapou... basta ousar mais alto no terraço, entre os lençóis que estão secando ao sol, para iluminar um céu desbotado de novas cores."[198] Ali, no terraço, ocorre uma das cenas mais lindas, quando "uma ação da vida cotidiana se transforma no gesto mais romântico e mais erótico – no senso de *eros* – de todos os tempos."[199] Trata-se, porém, de um amor impossível, como o de Riobaldo com Diadorim ou Majnum com Laila (do clássico persa).

Depois de um encontro dos dois, quando Antonietta se lança sobre ele e os dois vivem uma relação de intimidade, que a marca profundamente, ela diz: "É estranho... Não sinto nenhum remorso... Aliás, com ele nunca foi assim. Não pensava que fosse assim. E você?" Antonietta vê em Gabriele alguém, finalmente, atencioso, bem diferente da frieza de seu marido fascista, frio, infiel e agressivo...

Durante o progresso dos encontros entre os dois, ela vai, aos poucos, se dando conta de sua situação de opressão. Naquele dia, naquele momento de mal-estar, os dois conseguem a devida coragem para "erguer a cabeça e encontrar a própria dignidade, ainda que por poucas horas."[200] Com o humor afiado, Gabriele dirá em certo momento: "Chorar pode se fazer também sozinho, mas sorrir, só mesmo a dois."

Retornando ao diálogo entre os dois, ele responde à pergunta de Antonietta: "Ser como sou... não significa não poder fazer amor com uma mulher. É

---

[198] Sophia Loren, *Ieri, oggi, domani. La mia vita*. Rizzoli, 2014.

[199] Mario de Renzi. 1977. Una giornata particolare nelle case in vialle XXI Aprile. Archivio progetti Mario de Renzi.

[200] Marco Paiano. Una giornata particolare...

diferente. Foi bom, mas não muda nada."[201] (A câmara filma os dois de costas e se fixa na nuca de cada um, com um detalhe dos cabelos negros.) E Gabriele continua: "Encontrá-la, conhecê-la, falar-lhe, passar todo o dia com você... justo hoje... foi muito importante para mim."

Por fim, uma palavra sobre a trilha sonora. Como diz o diretor musical do filme, Armando Trovajoli, pianista: o músico é aquele que chega por último, como a última roda do carro[202]. Trovajoli reconhece que a trilha já estava pronta, com o fundo sonoro da intermitente narração do evento no rádio, com os hinos fascistas ou germânicos, como o hino da juventude hitlerista.

O diretor musical fala da dificuldade de musicar algo que já está pronto, perfeito, sem música. O próprio diretor, Scola, era alguém desafinado, e que não gostava de ver a música em primeiro plano. Preferia o silêncio a uma música fictícia, mas encontra uma sequência final que dá espaço para uma trilha e mostra para Armando. Surge, então, a brilhante ideia de uma pequena sequência musical ao fim do filme, na qual o pianista encaixa a fusão de duas músicas presentes no filme: o hino da juventude hitlerista e a rumba das laranjas, música que Gabriele e Antonietta dançam, ele tentando ensiná-la a dançar rumba. A composição, em que o diretor musical não precisou criar nota alguma, serve apenas de base para uma belíssima interpretação.

Finalizando, recorro a duas observações. Uma delas é feita pelo historiador italiano Vittorio Vidotti, numa das entrevistas contidas no DVD do filme. Ele sublinha que há duas sequências no filme que apontam para alguma coisa falha na máquina fascista. E isso vem expresso sutilmente pelo diretor. Na primeira, o último rapaz que deixa aquele conjunto de apartamentos para ir ao histórico desfile, tropeça numa faixa que deveria estar enrolada nos sapatos, mas está solta. Ele quase cai, mas sai apressadamente. Curiosamente, o mesmo rapaz, depois do espetáculo, quando retorna ao apartamento, está ainda com a faixa solta, e o fato é notado pela zeladora fascista. Isso significa que alguma coisa estava "imperfeita" no mecanismo fascista, que algo não funcionava. Uma tirada de mestre.

---

[201]   O diretor Scola, em comentário sobre o filme, sublinha que o produtor Carlo Ponti, então marido de Sophia Loren, confidenciou a ele ser muito difícil um *gay* permanecer *gay* depois de transar com Sophia Loren.

[202]   O depoimento encontra-se no DVD sobre o filme, em anexo ao filme.

A segunda observação relaciona-se com uma entrevista concedida pelo diretor italiano a um repórter do jornal *O Estado de São Paulo*, que perguntava a ele sobre sua visão de mundo e sobre o outro rumo tomado pelo mundo depois da crise da esquerda. Scola responde: "Neste século XXI, a humanidade atingiu um desenvolvimento tecnológico extraordinário, mas o desenvolvimento humano ficou para trás."[203]

---

[203] Luiz Carlos Merten. Italiano Ettore fala do seu eterno "Dia muito especial". *O Estado de São Paulo*, 24/11/2014.

18

NÓS QUE NOS AMÁVAMOS TANTO, ETTORE SCOLA (1974)

Sempre fui um apaixonado pelo cinema italiano, que nos presenteia com diretores maravilhosos, entre os quais Ettore Scola (1931-2016). O filme *Nós que nos amávamos tanto* (*C'eravamo tanto amati*), em particular, é de uma beleza única, e recebeu o César, o mais importante prêmio do cinema francês, na categoria de melhor filme estrangeiro, em 1977.

As razões de minha satisfação com esse filme são muitas: a direção de Ettore Scola, por quem tenho uma admiração especial; o roteiro maravilhoso e feliz de Scola, Agenore Incrocci e Furio Scarpelli; a bela fotografia de Claudio Cirillo; e a comovente trilha sonora de Armando Trovajoli. Destaco ainda a presença de atores singulares como Nino Manfredi (no papel de Antonio), Vittorio Gassman (no papel de Gianni), Stefano Satta Flores (no papel de Nicola) e Stefania Sandrelli (no papel de Luciana).

Scola já estava em seu décimo ano de carreira, tendo realizado filmes marcantes e notáveis comédias, como *Ciúme à italiana* (*Dramma della gelosia*, 1970). Mas foi com o filme de 1974 que o diretor, de fato, ganhou o reconhecimento do grande público. O título do filme é tomado do primeiro verso de uma canção de 1918, *Come pioveva*, de Armando Gil: "C´eravamo tanto amati".

O filme foi dedicado ao cineasta Vittorio de Sica, que acabou não assistindo à versão final do filme, pois morreu no ano de seu lançamento. Chegou, porém, a ver um extrato do trabalho.

Há várias passagens com citações de filmes clássicos: *Ladrões de bicicleta* (*Ladri di biciclette*, 1948), de Sica; *O encouraçado Potemkin* (*Bronenosets Potyomkin*, 1925), de Serguei Eisenstein, na cena do carrinho que desce a escadaria na Praça de Espanha em Roma; *O eclipse* (*L'eclisse*, 1962), de Antonioni, num momento em que está em cena Elide, mulher de Antonio, e se aborda a incomunicabilidade; *Servidão humana* (*Of Human Bondage*, 1964), com Kim Novak.

A obra de Ettore Scola passa em revista trinta anos da história italiana, a partir do fim de Segunda Guerra Mundial: de 1945 a 1974. A Itália no pós-guerra vai estar sob a hegemonia da Democracia Cristã. Algumas datas importantes são referenciadas no filme, como o referendo de 1946, que optou pelo caminho da República, com 54% dos votos. Há também o episódio importante, ocorrido em 1947, quando De Gasperi baniu do governo os socialistas e comunistas. Por fim, as eleições de 1948, que se realizaram para escolher o primeiro parlamento italiano, confirmando a hegemonia da Democracia Cristã sobre a Frente Democrática Popular.

É um filme profundo, sobre a amizade entre três *partigiani* italianos que lutaram juntos na resistência contra o nazifascismo: Gianni (Vittorio Gassman), Antonio (Nino Manfredi) e Nicola (Satta Flores).

O roteiro traça o percurso diferenciado dos três amigos no pós-guerra: Antonio, um técnico de enfermagem comunista, Nicola, um intelectual cinéfilo de província, e Gianni, o militante de esquerda que se transforma num advogado burguês enriquecido e se envolve com um magnata da construção civil sem escrúpulo algum (Romolo Catenacci, interpretado por Aldo Fabrizi).

Por interesse, Gianni deixa Luciana (Stefania Sandrelli), com quem estava envolvido, para casar-se com a filha de Romolo, Elide (interpretada por Giovanna Ralli). Torna-se alguém de perfil bem diverso: cínico, ávido pelo poder, com clara megalomania. Elide, sua mulher, vive em extrema solidão amorosa. Certo dia, toma coragem, chama Gianni, que saía de carro, entra no veículo e o faz ouvir uma gravação feita para ele, na qual diz viver um caso com outro homem. Não é verdade, e seu propósito era apenas transformar a crônica indiferença do marido.

O desprezo de Gianni por Elide permanece mesmo depois que ela morre, como é visto na cena em que, num desmonte de carros destruídos, tem uma visão da mulher, morta num acidente de carro (provável suicídio), e conversa com ela. Ela, mais uma vez, em vão, busca a atenção dele, o seu amor, e recebe como resposta a mesma indiferença que ele lhe concedeu em vida.

Uma observação: num momento do filme, os dois "parceiros" de negócios, Gianni e Romolo, encontram-se sozinhos e, agora, solitários – um traço que acompanha o homem rico, como se diz no filme. O velho capitalista diz a certo momento que o homem rico não precisa pensar. Num rompante, em tirada genial do roteiro, diz ao genro: "Eu não morro... eu não morro jamais" (uma metáfora para dizer que o capitalismo nunca morre). Na sequência, Romolo diz uma frase significativa: "Quem vence a batalha contra a consciência, vence a guerra da existência."

Nicola, apaixonado por cinema e, em especial, por De Sica, é demitido do Liceu onde ensina, depois de uma furiosa reação sua num debate realizado na escola, quando comentam o filme *Ladrões de bicicleta*. Ele acaba deixando a escola e a mulher (com os dois filhos), mudando-se para Roma com a intenção de fundar uma revista cinematográfica (*Cinecultura*).

Os três tomam, depois, rumos diferentes, voltando para suas regiões de origem: Nicola retorna para Nocera Inferiore (sul da Itália), Antonio vai para Roma, e Gianni, para Pavia (norte da Itália). Ao longo do filme, por circunstâncias diversas, os três se encontram em Roma. Ali celebram o reencontro, depois de trinta anos, no restaurante Mezzaporzione, quando se alegram e se abraçam – como no fim da guerra, celebrando a vitória contra o nazifascismo.

A trama do filme gira também em torno do amor de Gianni e Antonio por Luciana, e mesmo Nicola se envolve momentaneamente com ela. A personagem Luciana sonha em ser atriz e, numa cena que retoma o *set* de *A doce vida* (*La dolce vita*, 1960), de Fellini, ela aparece buscando um lugar no filme. Junto dela, aparecem o diretor Fellini e o ator Marcello Mastroianni.

Há quatro cenas que quero destacar:

1. Primeiramente, a cena do reencontro dos três amigos no simples e tradicional restaurante Mezzaporzione, frequentado por eles na juventude. Ali

se abraçam como antes, e cenas de suas atuações durante a guerra são retomadas em *flashback*. Eles comem, brincam e sorriem divertidamente. Não deixam também de comentar o passado com amargura. Em meio aos debates calorosos na mesa, Gianni tenta, mas não consegue, contar aos amigos sobre a mudança de sua postura de vida e política. Durante aquele encontro, Gianni rememora o tempo da união dos amigos na luta da resistência italiana. Relembra a cena daqueles momentos de sonhos e luta comum, e imagina um final diferente para ele durante aquele período, morrendo durante a batalha. E pensa: "Quem dera pudesse ter acabado assim." Logo em seguida, assinala que aquela geração "foi um nojo", para a surpresa do amigo e militante Antonio. Gianni ainda complementa: "Tudo por um futuro diferente", um "futuro que passou".

Já embriagados, os três amigos saem do restaurante e ocorre um acalorado debate político entre Antonio e Nicola, em torno do aburguesamento do proletariado. Gianni busca separar os dois e tenta lembrar aos amigos que eles estão brigando com a pessoa errada. Ele, sim, agora riquíssimo, é o inimigo. Tudo passa, porém, despercebido pelos dois. Ao final, num momento singelo, vê-se Nicola no chão, em choro convulsivo, sendo acolhido pelos amigos. Essa cena nunca me saiu da memória, e se repete na vida política de todos os tempos: a esquerda briga forte entre si, deixando de se unir para lutar contra o verdadeiro inimigo.

Na sequência, seguem juntos em direção a uma escola pública, onde Luciana e um grande número de pessoas aguardam as senhas para conseguir uma vaga para o filho na escola. É quando Luciana reencontra Gianni, que lhe fala de sua solidão. Ela diz que, agora, está feliz com Antonio, e rompe com qualquer outra possibilidade. Gianni percebe então que perdeu a oportunidade de ser feliz. É um momento bonito, no qual uma moça ao violão canta a canção que marcou o ideário de uma geração. Um olhar sereno e singelo ocorre entre Antonio e Luciana, pontuando o grande carinho que os une naquele instante.

Em cena curiosa do filme, Gianni percebe que seu carro está obstruído num estacionamento de Villa Catenacci e, ao tentar solucionar o problema, encontra-se com Antonio. Gianni mente para o amigo ao dizer que, em razão da penúria econômica, agora trabalhava ali, como guardador de carros, ou seja, esconde a verdade do amigo, por vergonha de revelar a mudança ocorrida em sua vida. É quando nasce a ideia de um possível encontro dos três amigos. Gianni recusa a hipótese em pensamento, mas depois acaba aderindo.

2. A segunda cena a destacar é o momento em que Nicola, envelhecido e falido, encontra um amigo num estádio e assistem a uma fala de Vittorio De Sica sobre o filme *Ladrões de bicicleta*. Trata-se de uma manifestação organizada pelo jornal *Paese Sera*. E ouvem do próprio De Sica a versão dele sobre a cena final do filme, que, em verdade, dá razão ao posicionamento de Nicola, o qual, num concurso, tentou alcançar a vitória, com um bom prêmio em dinheiro, mas acabou desclassificado ao final por discordância com o roteiro do programa. De Sica explicava para as crianças como conseguiu fazer chorar o pequeno intérprete, Enzo Stajola.

Na cena que quero ressaltar, Nicola, no estádio, vê De Sica ser cumprimentado por muitos, e o amigo, ao lado, o incentiva a ir ao encontro do grande diretor italiano, objeto de sua paixão, mas ele recua e fala ao amigo sobre seu desencanto com os rumos da história. Declara que, se fosse dizer algo a De Sica, falaria sobre suas ilusões e esperança, sobre sua desilusão com o tempo, com o rumo sombrio tomado pela história, sobre as coisas tristes e deprimentes ocorridas ao longo do tempo, o que talvez fosse partilhado pelo velho diretor De Sica. Ele diz ao amigo: "Nós queríamos mudar o mundo e, no entanto, foi o mundo que nos mudou."

3. A terceira cena envolve a personagem Luciana, que durante todo o filme tem um papel maravilhoso, um olhar encantador e uma ternura singular. Ela vem de um relacionamento fracassado com Gianni, que a trocou por Elide, a filha do grande magnata da construção civil. E o fez por interesse. Num momento do filme, em que vive uma tensão com Antonio, na Praça de Espanha, ela entra numa daquelas máquinas de tirar fotos. Depois, desaparece.

O amigo Nicola tenta convencer Antonio a aguardar Luciana, mas ele se retira. Nicola, então, em busca dela, vai à máquina e observa as quatro fotos de Luciana que estão saindo, revelando quatro cenas de uma face que vai se modificando, marcada pela dor. Luciana desaparece e, na verdade, tenta o suicídio. É acolhida a tempo, recebendo todo o cuidado e carinho de Antonio na Pensione Friuli. É quando ela diz a ele que a relação com Gianni tinha terminado.

Segue-se um lindo momento do filme, ocorrido numa grande praça de Roma, onde um artista está desenhando a imagem de uma madona no asfalto. A cena é de rara beleza: a câmera, do alto, filma o movimento de Antonio e Nicola caminhando para lados diferentes. Vão se afastando gradualmente, num movimento captado pela câmera. É quando o filme ganha suas cores. Todo o percurso anterior do filme era em preto e branco, e a partir de então torna-se colorido.

4. A quarta cena destacada mostra um encontro de Antonio com Luciana. Antonio está caminhando com uma "companheira" de luta na Piazza di Porta San Giovanni. Ele ouve um chamado sutil e percebe que é Luciana. Ele deixa a companheira e se junta ao amor antigo. Descobre, então, em cena linda, que ela tem um filho.

Antonio vai permanecer com aquele seu ideal anterior, comendo – como sempre – sua meia pensão, mas agora ao lado da mulher amada (Luciana) e dos dois filhos, com a mesma sede de transformação, organizando piquetes e protestos em favor de uma educação digna para seu filho e as outras crianças. A sua "desilusão" política é mitigada pelo afeto de Luciana.

Em síntese, estamos diante de um filme magnífico, de um diretor de esquerda que jamais se deixou engaiolar nas estreitas malhas da ideologia partidária. No seu ideário cinematográfico, buscou, mais do que relatar a história da Itália, a vida cotidiana de seus personagens. Buscou dar voz aos excluídos, os que estavam na sombra da história. No centro da narração, a história de viventes, com seus problemas concretos, sua dignidade, suas ilusões e sonhos; suas reações face aos grandes acontecimentos e transformações históricas. A pergunta de fundo, que marca também a vida de Scola, é o destino de personagens como Antonio Ricci, o operário do filme *Ladrões de bicicleta*.

19

CENAS DE UM CASAMENTO, INGMAR BERGMAN (1973)

Para os que se dispõem a fazer uma maratona cinematográfica, fica o convite para enveredar pelas teias de *Cenas de um casamento* (*Scener ur ett äktenskap*), do diretor sueco Ingmar Bergman (1973). A primeira versão não foi destinada ao cinema, mas à televisão, como uma minissérie de seis episódios com duração de cerca de cinquenta minutos cada. São praticamente cinco horas diante da tela, tempo que parecerá reduzido, dadas a beleza e a força do enredo desse magnífico diretor, que também assina o roteiro.[204]

Na composição da riqueza do que se vê, contracenam dois grandes intérpretes: Liv Ullmann, no papel de Marianne, e Erland Josephson, no papel de Johan. Há também o reforço da maravilhosa fotografia, que esteve aos cuidados de um dos melhores diretores de fotografia do cinema universal, parceiro constante de Bergman: Sven Nykvist.

Depois de lançar a minissérie para a televisão, Bergman produziu uma versão condensada de *Cenas de um casamento* para o cinema, a qual foi premiada em 1974 como melhor filme estrangeiro no Globo de Ouro.

Os seis episódios têm como títulos: 1. Inocência e pânico; 2. A arte de fazer como o avestruz; 3. Paula; 4. O vale de lágrimas; 5. Os analfabetos; 6. No meio da noite numa casa escura em algum lugar do mundo.[205]

---

[204] Ingmar Bergman. *Imagens*. São Paulo: Martins Fontes, 2001, p. 212.

[205] Como apoio para a reflexão que se segue, cf. Ingmar Bergman. *Cenas de um casamento*. 4 ed. 1976.

O sucesso do filme foi favorecido pela preciosa interação de Bergman com os intérpretes dos dois protagonistas, em particular com Liv Ullmann. Também participou das filmagens outra grande e experiente intérprete, que é Bibi Andersson, igualmente presente em outras produções de Bergman.

Na ocasião das filmagens, Bergman estava casado com Liv Ullmann, depois de quatro casamentos desfeitos.[206] Os dois permaneceram juntos por cinco anos e tiveram uma filha. Moravam na Ilha de Farö, situada entre a Rússia e a Suécia. Bergman escolheu morar nesse lugar inusitado, de paisagem árida e vegetação estranha, com solo cinzento e marrom. Só uma vez ao ano é que a paisagem ali ganha cores esplêndidas e animadoras.

Liv Ullmann relata, em seu livro *Mutações*, que a ilha era muito árida. Do quarto do casal, podia-se apreciar o oceano. Ela disse a respeito: "E nos imaginávamos passageiros de uma viagem." A ilha era ornamentada por "abetos retorcidos com uma estranha tonalidade de verde". O solo era de um cinzento marrom, e os campos eram cobertos de musgo seco: "Durante um mês, todo verão, a ilha inteira explodia em cores as mais maravilhosas." Liv Ullmann relata que, nas noites em que os dois não conseguiam dormir, ela ficava deitada em silêncio ao seu lado, temendo sobre o que ele estaria pensando. E refletia: "Talvez não fizesse parte da ilha – perturbasse a harmonia que ele tentava criar dentro de si mesmo, em meio à natureza e ao silêncio, que tanto significavam para ele."[207]

As filmagens de *Cenas de um casamento* foram realizadas em Farö, num estúdio montado por Bergman junto a sua casa, depois transformado em seu cinema particular.[208] Apesar de seu temperamento difícil, Bergman conseguiu achar um ponto de equilíbrio fabuloso nas filmagens, abrindo um espaço incomum para a criatividade dos atores. Liv Ullmann chegou a dizer em entrevista que Bergman era o diretor ideal, que favorecia os atores com uma singular possibilidade de expressão criativa dos sentimentos, alguém com o dom de ouvir e o carisma para desvendar os segredos mais íntimos de seus atores e atrizes.

Outra característica importante do filme é o recurso a belos e longos *close-ups*. A atriz Liv Ullmann apreciava muito essa técnica do diretor de fotografia.

---

[206] Liv Ullmann relata, em seu livro *Mutações*, a "curta história de amor" que viveu com Bergman. Depois que terminaram a relação, tornaram-se grandes amigos. *Mutações*. São Paulo: Círculo do Livro, s/d, p. 138-139.

[207] Ibidem, p. 124-125.

[208] Ingmar Bergman. *Lanterna mágica*. 2 ed. Rio de Janeiro: Editora Guanabara, 1988, p. 235-236.

Constituía um grande desafio para ela. Disse a respeito: "Quanto mais perto chega a câmara, mais ansiosa fico para mostrar um rosto completamente nu, desvendar o que está atrás da pele, dos olhos: dentro da cabeça. Apresentar os pensamentos que se formam."[209] O conjunto dos recursos, somados à habilidade do diretor, favorecem o empreendimento fantástico de uma viagem situada no interior mais profundo do ser.

O filme gira em torno de um relacionamento afetivo, com toda a sua complexidade, com suas dores e alegrias. Como personagens, um casal que celebra dez anos de casamento e que até então tinha uma relação bem equilibrada. Os dois provêm de uma vida burguesa – ele, professor, e ela, advogada, naquele momento envolvida em questões relacionadas a um divórcio. O roteiro acompanha essa relação, cobrindo os vinte anos de amizade entre os dois, tanto nos momentos de união como de separação. O casal tem duas filhas, mas a ocular do diretor não se fixa nelas em nenhum momento. Toda a trama se concentra na trajetória do casal.

Nos dois primeiros episódios, o casal ainda vive numa condição de regularidade no casamento. Começam em seguida a se deparar com o inferno observado no relacionamento de casais amigos ou, no caso de Marianne, de uma cliente que descreve para ela a profunda solidão vivida no matrimônio. O confronto com tais situações começa a provocar no casal algumas interrogações sobre o viver juntos. Johan, que é mais frio e racional, chega mesmo a pensar que a solução para o casamento seria um contrato de cinco anos, com direito a prorrogação.[210] Sua preocupação, diferentemente de Marianne, é com os domínios de seu "quintal", embora tenha consciência de que o mundo está afundando numa grande crise.

Marianne, então com 35 anos, tem uma preocupação maior com a humanidade. Vê também, no casamento, a possibilidade de expressão de amor, ternura e carinho. Aos poucos, porém, vai percebendo o ritmo da solidão na vida a dois. Eles falam entre si sobre amor e fidelidade. Ela acredita ser possível a vida em comum, desde que haja interesse e atenção mútua entre os parceiros. Vislumbra ainda, no casamento, a possibilidade de companheirismo, humor e tolerância. Ele, Johan, com 42 anos, é mais pragmático, ainda que profundamente carente. Em sua visão, a fidelidade deve ser algo natural: "Ou ela existe ou ela não existe."

---

[209] Liv Ullmann. *Mutações*, p. 233.

[210] Ingmar Bergman. *Cenas de um casamento*, p. 27.

A tensão entre os dois começa a se fazer presente quando ela anuncia que está grávida, e ele acolhe a notícia com indiferença.[211] Marianne não esperava uma tal reação, e se entristece. Johan, sempre pragmático, fica preocupado em resolver logo o assunto, através do recurso ao aborto. Ela acaba aderindo à proposta, mas arrepende-se profundamente depois. Acreditava que os dois poderiam receber a criança com alegria, mas era pura ilusão.

Aos poucos, a partir do segundo episódio, já começa a emergir mais forte em Marianne uma angústia indefinida, mas dolorosa. Aquela angústia que Heidegger bem definiu como o "puro ser-aí no estremecimento", ou seja, como o estar diante de um perigoso "nenhum", que corta qualquer dicção do eu.[212]

Entre o casal, começa a brotar uma "atmosfera de desentendimento". Os dois buscam explicações para o desencontro, e chegam a aventar uma influência dos compromissos familiares com os pais, aos finais de semana, que acabavam por encolher o tempo de amadurecimento e enriquecimento da vida do casal. Chegam a dizer que um tal compromisso deveria ser um divertimento e não uma obrigação.

Há ainda alguma tentativa de entendimento, mas sem sucesso. Marianne argumenta com Johan que os dois trabalham duro, demonstram cuidado com as filhas e se desentendem pouco. Ela sublinha: "Nós quase nunca temos discussões e, se discutimos, sabemos usar a razão, ouvir o que o outro tem a dizer e chegar a um compromisso razoável."[213] Compreende, porém, que a situação vai se tornando angustiante. Marianne demonstra alegria em sair com Johan, mas o mundo dos dois vai ganhando caminhos diversos. Ao contrário de Johan, Marianne sinaliza que gosta das improvisações:

> Você sabe, por vezes, eu acho que gostaria de passar os dias ao sabor das correntes. Comer quando estivesse com fome, dormir quando estivesse com sono, amar quando estivesse com vontade. Até talvez trabalhar um pouco, quando estivesse com disposição. Às vezes, eu fico com o irreprimível desejo de apenas flutuar ou talvez me afundar.[214]

---

[211] Ibidem, p. 30-32.

[212] Martin Heidegger. *O que é metafísica*. São Paulo: Duas Cidades, 1969, p. 32.

[213] Ingmar Bergman. *Cenas de um casamento*, p. 39.

[214] Ibidem, p. 42.

Com o tempo, o desentendimento vai se acirrando e o tema da hospeda-gem do amor entra em crise. Como acertadamente afirmou Frida Kahlo: "Onde não puderes amar, não te demores." A cisão ocorre em seguida, quando Johan revela para Marianne, no terceiro episódio, que está apaixonado por outra mulher, Paula, uma garota de apenas 23 anos.[215] Acrescenta ainda que está partindo com ela para Paris, por sete ou oito meses. A reação de Marianne é de estupefação. Não sabe como reagir diante daquele outro, que agora se revela um estranho. É um momento bonito do filme, quando Marianne expressa com olhar suplicante toda a sua dor diante da crua revelação.

A reação de Johan é fria. Diz a ela, sem rodeios, que depois os dois encon-trariam um caminho para resolver a nova situação. E ainda arremata mandan-do-a para o inferno. Diz não querer levar nada consigo, a não ser alguns livros, e pretende acalmá-la dizendo que nada faltará para ela e as filhas. Declara estar cansado da relação, e que tudo que agora o interessa é sair do inferno em que se viu enredado: "sair de tudo isto, dar o fora". Revela a Marianne que continua a amá-la, mesmo depois do encontro com Paula, e que a ama até com mais intensidade, mas que precisa desse tempo para si.

Marianne busca argumentar em favor de uma nova tentativa na relação, mas sem sucesso. Ela reconhece que pode ter errado todo o tempo, mas diz que ainda acredita num reatamento em novas bases. Pede a ele para adiar a viagem por alguns meses e sublinha que os dois poderiam na sequência encontrar um novo modo de reparar o casamento e uma forma diversa para a vida sexual.[216]

Depois de toda a conversa, regada a dor, os dois se deitam na cama de casal e ficam ali silenciosos e mudos. Ela ainda busca informações sobre Paula, sobre como ela é e qual a sua idade e sobre como ela reage na cama. Está angustiada. Ele não deixa de revelar dados sobre a vida da nova amante. Marianne e Johan fazem amor ao raiar do dia, olhando um para o outro "com carinho e angústia". Permanecem ali, juntos, "mudos, nus, estranhos um para o outro".

Johan finalmente a deixa "com suas aflições" logo após o café da manhã. E, "sem que Marianne o queira, as lágrimas começam de repente a correr-lhe pelo rosto, mas ela funga, assoa o nariz e recompõe-se." Desesperada, ela liga

---

[215] Ibidem, p. 65.
[216] Ibidem, p. 70-71.

para um amigo comum, Fredrik, para relatar o acontecido, e se surpreende ao saber que ele e outros amigos já estavam a par da situação.

Depois de um ano sem se verem, os dois voltam a se encontrar. Johan busca conviver com Paula na nova situação, mas enfrenta agora dificuldades precisas e um ciúme crescente por parte dela. No início, as coisas estavam melhores, e Paula teve um papel importante como companheira de Johan, trazendo alegria e carinho para a sua vida. No momento em que encontra Marianne, Johan já demonstra viver dificuldades na outra relação.[217] Por sua vez, Marianne já dá sinais de recuperação na sua vida pessoal.

Os dois se encontram, e reconhecem a existência de um grande carinho mútuo. Eles se abraçam e se beijam com alegria e ternura. Johan relata ter conseguido um contrato de três meses numa universidade americana e que Paula não vai viajar com ele. Durante o encontro, Marianne retoma a conversa sobre o divórcio, mas Johan desconversa. Ela lamenta o fato de os dois terem se separado e deixado de lado o carinho que era tão importante para eles. Johan reage, sinalizando com clareza para Marianne que o que existe na base de qualquer relação é uma "solidão absoluta". Reitera o fato de que ninguém consegue quebrar essa barreira, e que em verdade a coexistência equilibrada é uma miragem. Por mais que se busquem palavras, elas não servem senão para esconjurar um grande vazio.

Mesmo com toda a distância, que reverbera na relação com as filhas, Marianne demonstra acreditar no grande carinho que tem por Johan. Revela que sempre se lembra dele, todos os dias e várias vezes por dia. Continua a manifestar surpresa com uma separação que não estava em seu horizonte. Era uma experiência bonita de amor que escapou por entre as mãos. Em resposta, Johan lhe diz que seria oportuno ela buscar a ajuda de um psiquiatra. Ela diz que vem sendo atendida duas vezes por semana, em conversas que vão além das que ocorrem no consultório.

Na verdade, Johan não consegue escamotear o carinho que sente por Marianne, que é também um tesão criativo. Mas quando ele busca uma aproximação e tenta colocar a mão em seu peito, Marianne, delicadamente, des-

---

[217] Ibidem, p. 86.

via-se e evita o contato mais íntimo. Revela a ele, porém, que não consegue entender sua vida e a das filhas com outro homem. Sente-se atrelada a uma ligação profunda com Johan, a qual não consegue entender. Diz a ele que os outros homens a aborrecem. Na sequência, os dois se beijam, sem se arrojarem em carinhos mais íntimos. Os dois passam a noite juntos, com o sentimento comum da beleza de estarem juntos, ainda que simplesmente de mãos dadas. Ela revela a Johan que a separação foi um golpe muito duro, e que gostaria de ter ficado "terrivelmente zangada com ele". Mas, numa atitude coerente com a imagem convencional dos suecos, ela pondera as reações. E diz: "Quando você me deixou, eu tinha apenas um pensamento na cabeça: eu queria morrer. Fiquei andando às voltas naquela manhã, e estava justamente amanhecendo, e só pensava: não vou sobreviver."[218]

Marianne consegue sobreviver à crise e aos poucos se recompõe e retoma a vida. Encontra outros homens pelo caminho, mas deles se cansa, até que encontra David, alguém que se mostra diferente, carinhoso e atencioso com as meninas. Diz a Johan que não sabe se David responde às demandas de seu afeto. Diferentemente da visão de Johan, Marianne não acredita numa vida solitária, mas quer alguém a seu lado, e intui que essa pessoa não é David. E se lamenta com Johan: "Eu não entendo como você vai poder aguentar o mundo sem mim (...). A gente não pode viver só e ser forte. A gente precisa ter alguém a quem segurar a mão."[219] E retoma sua vontade de reatar com Johan: "Acho que você deveria se esforçar como um louco para reparar o nosso casamento". Johan reconhece que gosta de Marianne e se indaga sobre o que há de errado em sua vida. Sublinha também que sente "saudades terríveis". Em resposta, Marianne diz que os dois poderiam simplesmente ficar ali, "deitados juntos, segurando a mão um do outro".

No penúltimo episódio, ocorre uma explosão de violência entre os dois personagens.[220] É quando se firma para eles a vontade de concretizar o divórcio. Os dois se encontram num escritório, já com os papeis na mesa para serem assinados. Ela insiste com ele para assinar antes de partir para América. Não sabe

---

[218] Ibidem, p. 100.

[219] Ibidem, p. 102.

[220] Ibidem, p. 129.

ainda que a viagem não vai se realizar. Não assinam de imediato, reconhecendo a dificuldade de colocar um fim na relação. Marianne revela então a Johan que começa a sentir-se livre, com um sentimento novo de felicidade. Indica, porém, que os dois ainda têm uma noite para beber e amar. Johan confidencia a Marianne que ainda se sente ligado a ela de uma forma muito profunda e inexplicável.

Num impulso amoroso, Marianne chega a pensar em rasgar todos os papéis que estão sobre a mesa. É apenas um impulso. Tomados por um grande estranhamento os dois entram em conflito corporal violento, que deixa marcas de sangue no tapete. São cenas tremendas! Ambos querem destruir-se mutuamente. Acabam esgotados e tristes. Ela, imóvel, tem o corpo contraído de dor. Johan então toma a iniciativa de assinar os papéis, num gesto que é acompanhado por Marianne. Ao final do encontro, Marianne ainda diz para ele: "Devíamos ter começado a bater um no outro há muito tempo. Teria sido muito melhor."[221] E quem sabe...

Apesar da violência do conflito que marca o último encontro dos dois, eles voltam a se encontrar mais tarde. Vivem então um momento diverso, como se inaugurassem uma nova forma de ser, agora mais serenos e maduros. Os dois estão bem nas suas respectivas relações. Ressurgem agora, como das cinzas anteriores, com um clamor de vida alternativo. Johan está diferente, sem a barba e de óculos. Revela a Marianne que vive então o casamento como uma "comodidade" que é recíproca. Marianne também convive bem com seu novo par, Henrik.

Eles aproveitam uma viagem de seus cônjuges para marcar um novo encontro. Os dois estão ansiosos para reverem-se com alegria. Estariam fazendo, naquele mesmo mês de agosto, vinte anos de casados.[222] O encontro é marcado na casa de campo de Marianne, mas o plano é alterado, depois que Johan pede a um amigo próximo para emprestar sua casinha que fica junto à praia. É ali, naquele lugar distante, que os dois se encontram novamente. A casa está meio revirada, e os dois se ajudam para colocar tudo em ordem e montar o ninho do encontro.

---

[221] Ibidem, p. 130.

[222] Ibidem, p. 142.

Num momento de grande beleza, os dois estão ali, "no meio da noite, numa casa escura em algum lugar do mundo". A emoção toma conta dos dois e ela o acolhe com grande sentimento e lágrimas nos olhos. Depois de tanto tempo, Marianne dá razão a Johan, concordando com a sua visão sombria sobre o mundo. Reconhece a presença dolorosa de um estado geral de inquietação entre as pessoas, e que é contagiante. Revela que de fato as pessoas andam "escorregando para baixo", tomadas pelo medo, a insegurança e a incompreensão.

Naquele momento, porém, eles "esquecem" a dor e buscam viver a intensidade do instante, em clima de grande intimidade, aconchego e excitação. Os dois se tratam de forma linda e enamorada. Ele diz: "Meu amor, minha adorada Marianne". E ela: "Meu querido e adorado Johan". Apenas isso!

Marianne revela mais uma vez que jamais conseguiu amar alguém da forma como gostaria, e nem se sentiu amada como desejava. Johan responde de forma curta, simples e realista: "Eu acho que a amo à minha maneira, restrita e bastante egoísta. E, às vezes, acho que você me ama à sua maneira, briguenta e fria." E acrescenta: "Eu acho, pura e simplesmente, que você e eu nos amamos um ao outro. De uma maneira terrena e restrita."[223]

Nada mais delicado e simples de entender, bem ao modo Zen, o que significa amar nas condições de contingência do humano. Por fim, Johan complementa o seu argumento: "É assim, com toda a simplicidade, no meio da noite, numa casa escura, em alguma parte do mundo, que eu existo, realmente, e a conservo nos braços. E você me conserva nos seus. Eu não posso afirmar que sinto qualquer espécie de elevação ou de sentimento de humanidade."[224]

Trata-se, como imagino, de um bonito amor terrenal, marcado pelos limites do tempo e pelos enigmas de cada um, num mistério profundo em que ninguém consegue penetrar com agudez. Toda relação é pontuada por enigmas e interrogações que jamais serão complementadas e realizadas. O que importa é abraçar com alegria o instante e o momento presente, sem deixar escapar sua luz e reverberação. Ou, como diz de forma tão linda Rilke, nas "Elegias de Duíno", poder "contemplar um dia, somente um dia, o espaço puro, onde, sem cessar, as flores desabrocham."

---

[223] Ibidem, p. 155.

[224] Ibidem, p. 155.

20

UM HOMEM, UMA MULHER, CLAUDE LELOUCH (1966)

Um homem, uma mulher (*Un Homme et Une Femme*), lançado em 1966, é um dos filmes mais românticos de todos os tempos e despertou os olhares do mundo para a obra de Claude Lelouch (1937-). Foi um filme muito premiado. Ganhou a Palma de Ouro no Festival de Cannes de 1966 e também o Oscar de melhor filme estrangeiro no mesmo ano, incluindo o de melhor roteiro original (Lelouch e Pierre Uytterhoeven). Foi também vencedor do Globo de Ouro em 1967, com os prêmios de melhor filme estrangeiro e melhor atriz na categoria drama.

Informações especiais sobre o filme acompanham o DVD da Warner Bros., uma produção que, 37 anos depois, teve a colaboração de Julie Cohen, com Claude Lelouch e Max Allemand, na entrevista incluída no documentário de bastidores. As citações aqui utilizadas são tomadas dessas informações específicas, bem como dos diálogos que ocorrem no filme em si.

O filme foi produzido quando Lelouch tinha apenas 28 anos. Era o seu quinto filme ficcional, sendo o primeiro de 1960. Sua carreira começou por volta de 1957, contemporaneamente à Nouvelle Vague, que também inspirou o diretor.

Lelouch vinha de uma experiência de fracasso no seu quarto filme: *Les Grands moments* (1965). Revelou em entrevista que "foi uma catástrofe, pois ninguém queria lançá-lo". Não tinha conseguido um distribuidor e estava praticamente arruinado financeiramente.

Na ocasião, para lidar com os problemas, saiu de carro sem destino, rodando até se cansar. Era a maneira que encontrava para sozinho refletir e pensar. Foi o que ocorreu antes de nascer a nova ideia. Tomando a rota do litoral, alcançou a praia de Deauville, um luxuoso balneário na Normandia, a cerca de 200 quilômetros de Paris. Parou o carro à beira da praia, por volta das duas horas da madrugada, e dormiu no veículo. Ao acordar, por volta de seis horas da manhã, ele avistou, do para-brisa de seu carro, uma mulher com uma criança e um cachorro.

A mulher andava na praia, e a maré estava baixa. Ela estava a cerca de dois quilômetros de distância. Lelouch ficou admirado ao ver uma mulher, naquele horário, já caminhando com uma criança e seu cachorro, que pulava em volta dela. A cena aguçou a curiosidade do diretor, que pensou: "Se ela está aqui nesse horário, talvez com o filho, é porque quer aproveitar o máximo seu tempo com ele. Talvez porque não o veja com frequência, ou esteja num internato".

Foi quando ocorreu a chispa, a ideia do filme. Segundo o diretor, a história veio por inteiro a sua mente. O filme nasceu de forma rápida, pois Lelouch precisava recuperar-se financeiramente e salvar sua empresa cinematográfica, que estava quase falindo. O filme foi escrito em um mês ou mês e meio; sua preparação também se deu em um mês. As filmagens levaram três semanas, e a montagem mais três semanas. E logo o filme estava terminado.

O diretor pensou em Jean-Louis Trintignant (1930-2022) como ator. Um nome que veio espontaneamente. Para atriz, pensou em Romy Schneider ou Anouk Aimée (1932-). Ele não a conhecia, mas o ator era amigo dela. Lelouch ligou para ela e depois os dois se encontraram em Paris. Ela também aceitou imediatamente o convite. Estava morando na ocasião em Roma e vinha de uma experiência de filmagem com Fellini.

No início, a relação de Lelouch com ela foi difícil. Quase não fizeram o filme juntos. Ela estranhou a fragilidade da produção, que contava com apenas dez pessoas, bem como a carência dos acessórios comuns ao cinema. O filme foi rodado com uma câmera alugada e operada no ombro mesmo. O diretor nem tinha recursos para comprar uma câmera nova.

A atriz também reagia à ideia de fazer uma cena em barco no mar. Dizia que "não subia em barcos". Porém, na sequência, às duas horas da manhã, ela ligou para o diretor, dizendo que poderia fazer uma tentativa, e quem sabe os dois pudessem assim se entender. Na manhã seguinte ocorreu a filmagem da cena no mar. Daí em diante, como disse o diretor, nasceu uma história de amor fabulosa.

Lelouch tem um jeito peculiar de trabalhar com seus filmes. Busca criar um clima de máximo realismo. A técnica que utiliza é a da filmagem direta. Os ensaios com os atores ocorrem sempre antes da filmagem. A direção dos atores é feita durante a noite ou de manhã, antes da saída para a filmagem. Uma vez no *set*, o cuidado é apenas com a marcação e os detalhes técnicos. O resto fica por conta dos atores, que são instruídos no que é essencial, mas ficam livres para algum improviso.

Eles sabem o que devem fazer: concentrar-se no papel deles. Como diz Jean-Louis Trintignant, o trabalho com Lelouch "é quase uma improvisação". O roteiro também não era apresentado para os atores. O diretor dava uma instrução para o ator e outra um pouco diferente para a atriz, "de modo que um pudesse pegar o outro de surpresa". Nunca ocorriam duas tomadas iguais. Havia sempre lugar para a espontaneidade, uma autenticidade rara no cinema. Tudo é ajudado também pelo entusiasmo do diretor.

O roteiro é simples, uma história de amor que começa com uma coincidência, quando duas pessoas se encontram casualmente no carro, depois de deixarem os filhos num internato em Deauville. Em menos de 120 minutos, o diretor consegue traçar uma história de amor, que vai crescendo ao longo de três semanas, até o encontro amoroso decisivo, quando pela primeira vez os dois dormem juntos. O primeiro beijo só acontece nos vinte minutos finais.

O personagem, Jean-Louis Duroc, é um piloto de corridas, e ela, Anne Gauthier, é roteirista de cinema. Os dois tinham perdido seus companheiros em situações dolorosas. A companheira do piloto tinha suicidado após um difícil acidente com o marido; o companheiro da roteirista tinha morrido numa explosão de bomba, em cena de filmagem em que atuava como dublê.

Lindas cenas de amor acontecem na paisagem nublada da praia de Deauville, mítica praia dos encontros fortuitos, dos ventos e do refúgio, "dos milagres que embalam e encharcam o imaginário e a alma de uma geração". Aquela praia reforça a "doçura despretensiosa" de Anouk Aimée e o "charme arrebatador" de Jean-Louis Trintignant, com seu Ford Mustang, que entra também como personagem. O Mustang era na época um "ícone cultural", um carro que já nasceu como estrela no ano de 1964, sendo o preferido das grandes celebridades.

O filme faz diversas incursões no passado dos personagens. Como sublinha o diretor em entrevista, trata-se de um casal que passou por muitas experiências, que já teve alegrias e dramas, e que por volta dos 35 anos, aproximadamente, guardam um passado, mas com um futuro pela frente.

Numa das vezes em que viajam juntos de carro, durante o retorno a Paris, depois de deixarem as crianças no internato, Jean-Louis pergunta sobre o marido de Anne e ela reflete: "Um encontro, um casamento, um filho, são coisas que acontecem com todos, talvez o que seja original é quem se ama".

Indagada sobre a originalidade do marido, ela responde: "Ele é tão apaixonante, tão único, tão inteiro. Ele se apaixona por coisas, por pessoas, por ideias, por lugares. Por exemplo, passei uma semana no Brasil sem nunca ter estado lá. Ele fez um filme ali. Quando retornou a Paris, falou de samba uma semana inteira. O samba entrou na nossa vida". Durante sua fala sobre o marido, ocorrem cenas maravilhosas do encontro dos dois, ao som da música de Baden Powell e Vinicius de Moraes, *Samba da bênção*, na versão francesa interpretada por Pierre Barouh, que no filme faz o papel do marido de Anne[225].

Gosto em particular da cena em que os dois passeiam de barco, com os filhos. São momentos extraordinários e imagens magníficas dos quatro, dos encontros de amizade e carinho, da presença das crianças. Em certo momento, ele aproxima sua mão da mão de Anne, mas não a alcança. Mais tarde, quando os dois retornam de carro para Paris, ele coloca sua mão sobre a mão dela, e ela deixa, voltando seu olhar para ele. É o primeiro gesto explícito de amor do romance. E logo depois, ela pergunta sobre a esposa dele.

Outra cena maravilhosa é quando os dois, finalmente, fazem amor. As cenas são lindas, com a câmera pegando em *close* os dois rostos, o movimento das mãos, os lindos cabelos dela, em ondas de ternura. Em certo momento,

---

[225] O ator foi também diretor do filme *Saravah*, rodado na cidade do Rio de Janeiro, em 1969, registrando em película momentos maravilhosos da MPB, com a presença de músicos como Baden Powell, Pixinguinha e Maria Bethânia. O DVD foi produzido posteriormente pela Biscoito Fino em 2005.

porém, ela começa a se lembrar dos encontros de amor com seu marido, do carinho que os unia, da força de uma paixão. A partir de então, ela se distancia mentalmente daquele momento de amor com Jean-Louis.

Aos poucos, ele se dá conta de que está fazendo amor sozinho. Diz o diretor: "É muito desagradável sentir que se está a fazer amor sozinho". Em certo momento, Jean-Louis percebe que ela não está ali. Ele pergunta, duas vezes, "Por quê?" E ela responde: "Por causa do meu marido". E ele retoma a conversa: "Ele morreu". Ela guarda silêncio. É quando ele resolve afastar-se dela. Curiosamente, como lembra o diretor, é ali, no momento do amor entre os dois, que ela é tomada pelo desejo de reconquistá-lo, porque é justamente ali que ela se apaixona por ele.

Em cena de olhares sentidos, ao amanhecer, os dois encontram-se ainda no hotel, no quarto 41, e ela então diz a ele que é melhor pegar o trem. Eles saem juntos, sem se darem as mãos, tristes, até a estação de trem. Ao subir nos degraus do vagão, ela se volta para ele, que indaga: "Por que me disse que seu marido estava morto?" E ela responde: "Ele morreu, mas para mim ainda não..."

Ainda com o trem parado, ele reflete: "Certos domingos começam bem e terminam mal, incrível." "É incrível não se permitir ser feliz..." E o trem parte. Ele retoma o pensamento: "Se tivesse que recomeçar, o que eu faria? O que eu poderia fazer? Ter um amigo por meses e meses e, de tanto sermos amigos, acabamos virando amigos."

Intrigado, ele se pergunta a razão escondida naquele telegrama que ela tinha remetido, depois que ele vencera uma corrida em Mônaco, no qual dizia: "Amo você". Para ditar o telegrama, ela tinha titubeado. Inicialmente, disse apenas: "Parabéns, eu vi a TV. Anne". Depois corrigiu: "Parabéns. Amo você, Anne".

Ao falar sobre o roteiro, Lelouch sublinha que o filme é completamente diverso de sua personalidade. Trata-se da projeção de um sonho. Uma história que ele adoraria viver, mas que nunca poderia ocorrer, dada a sua personalidade nada terna.

Uma das atrações do filme é a fotografia, belíssima, a cargo do próprio Lelouch. As tomadas de cena, naquela atmosfera invernal, são magníficas, com a presença constante de uma bruma que inebria o olhar. Aliás, o diretor sublinha que o inverno é a estação propícia para as histórias de amor, pois provoca a aproximação e o aconchego das pessoas. Como indica Lelouch, "o mau tempo é um dos atores do filme". Ficam na memória as cenas do ator no carro, dirigindo sob a chuva, com o movimento constante do limpador de para-brisa.

A trilha sonora é igualmente bela, com uma canção que ficou na memória de uma geração e que ainda hoje é um grande sucesso: *Un homme et une femme*, de Francis Lai (1932-2018). Ainda na trilha, com destaque bem especial, a canção de Vinicius de Moraes e Baden Powell, *Samba da bênção*, na versão francesa cantada por Pierre Barouh. Há ainda bonitas inserções da voz singela de Nicole Croisille (1936-), que faz um solo na canção *Aujourd'hui c'est toi* e outros duetos com Pierre Barouh.

O diretor Lelouch fez ainda dois outros filmes com os mesmos atores, retomando e dando continuidade à primeira produção: *Um homem e uma mulher: 20 anos depois (Un homme et une femme, 20 ans déjà*, 1986) e *Os melhores anos de uma vida (Les plus belles années d'une vie*, 2019). É algo muito raro no cinema produzir uma trilogia. Na última produção, realizada cinquenta anos depois, os dois atores estão perto de noventa anos. A atriz segue firme e lúcida, enquanto o ator está lúcido, mas já alquebrado.

Nesse último filme, os dois amigos se encontram depois de cinquenta anos. Ele está numa casa de repouso (num asilo), debilitado pela idade avançada. Mal consegue se locomover sozinho e luta também contra a perda da memória. Ele recebe a visita da amiga, que não reconhece de início.

Os diálogos são muito bonitos, como as imagens e a trilha sonora. Numa das conversas entre os dois, ela pergunta se ele tentou entrar em contato com sua antiga amiga, e ele responde: "Não tentei porque não estava à altura dela." E retomou: "O marido dela era dublê. Ele encrencava bastante conosco." Ela indaga por quê, e ele responde: "Porque ele estava morto, mas não para ela. É difícil fazer amor com a morte." E complementa: "Todas as histórias de amor acabam mal. Elas só acabam bem nos filmes".